W0185979

LE GUIDE DE LA MAGIE BLANCHE

ERIC PIER SPERANDIO

LE GUIDE DE LA MAGIE BLANCHE

RECETTES DE SORCIÈRES

J'AI LU

Collection dirigée
par Ahmed Djouder

© Les Éditions Quebecor, 1997

Première partie

INITIATION À LA MAGIE BLANCHE

Tout ce que vous devez savoir avant de vous lancer dans sa pratique

Chapitre 1

COMPRENDRE LA MAGIE

La magie. Tant de choses ont été dites sur ce sujet qu'on ne sait plus très bien, aujourd'hui, à quoi s'en tenir. On ne se rappelle même plus, dans certains cas, la *véritable* signification de la magie, qu'on confond trop souvent avec illusionnisme. Aussi, avant d'aller plus loin, dès ces toutes premières lignes, je considère comme important, sinon comme essentiel, de remettre en quelque sorte les pendules à l'heure, autrement dit de s'entendre sur une définition explicite de ce que nous estimons «magique». Cela nous permettra, à vous comme à moi, de savoir que nous nous engageons ensemble dans la même odyssée.

Comme les définitions de la magie sont aussi nombreuses que différentes, il est indispensable de s'entendre sur l'une d'elles qui soit simple, claire et nette. Celle que j'ai retenue – et qui me semble le mieux répondre à ces critères – apparaît au dictionnaire *Larousse.* D'une part, on décrit la magie comme la «Science, religion des mages» et, d'autre part, on ajoute «Ensemble des pratiques fondées sur la croyance en des forces surnaturelles immanentes à la nature et visant à maîtriser, à se concilier ces forces». On précise enfin «*Magie noire, magie blanche*, respectivement mises en œuvre pour le mal ou pour le bien».

Cette définition, qui englobe les principaux aspects de la magie, décrit parfaitement ce que vous trouverez dans les pages de cet ouvrage: un savoir et des recettes qui remontent parfois à la nuit des temps, mais qui peuvent néanmoins influencer favorablement votre vie présente.

CROIRE OU NE PAS CROIRE, FAIRE OU NE PAS FAIRE...

Bien sûr, évoquer aujourd'hui la magie comme outil d'action ou de transformation positive ou bénéfique dans notre vie peut paraître anachronique. En effet, nous vivons dans un univers essentiellement concret, un monde matériel où le succès se mesure à l'échelle de ce que nous sommes sur le plan social, des gens que nous côtoyons et de ce que nous accumulons comme biens ou possessions. C'est une réalité que nous connaissons tous, puisque nous y sommes tous confrontés.

En dépit de ce quotidien dans lequel nous gardons les pieds bien ancrés, il nous arrive tous d'imaginer un jour ou l'autre qu'il existe des énergies inconnues, ou plutôt méconnues, que nous pourrions utiliser de façon à améliorer notre vie, notre «sort». Cela ne se résume pas toujours dans des actions réfléchies. Il s'agit parfois de petits gestes sans conséquence que nous faisons par «conditionnement»; d'autres fois, nous pensons que ces gestes peuvent nous apporter la chance ou... contrer la malchance. Bien sûr, personne n'y croit! Pourtant, chacun les fait. C'est ce que sont, notamment, les superstitions.

Peu de traditions – et de gens – ont échappé à la superstition, qui n'est ni plus ni moins que l'idée que des forces obscures et indicibles peuvent s'immiscer dans le cours des événements. Elles constituaient, à leur origine, un mode de «protection» devant un univers que l'on croyait peuplé d'esprits insoupçonnés (et inquiétants) qu'il fallait calmer ou assouvir pour survivre. Si les superstitions, dans leur très grande majorité, ont des origines qui se perdent dans la nuit des temps, on retrace tout de même la raison qui fait qu'elles ont pu exister pendant si longtemps.

On dit par exemple que briser un miroir, c'est s'attirer sept ans de malheur. Cette superstition viendrait de l'ancien prémisse selon laquelle la réflexion de l'image d'un homme dans l'eau révélerait son âme et que des rides à la surface de celle-ci pourraient l'anéantir. Il y a aussi le fer à cheval, dont la forme rappelle vaguement celle d'un croissant; celui-ci tiendrait la force occulte qu'on lui attribue du culte que les habitants de l'Égypte de l'Antiquité vouaient à la lune. Le lièvre, dans l'Angleterre païenne, était aussi l'objet d'un culte; avec la venue du christianisme, ce rituel fut banni... Toutefois, cela n'empêcha pas les gens de continuer à le pratiquer en portant, sur eux, une patte de lapin en guise de porte-bonheur!

Mais les superstitions, si elles ont été fondées à leur origine, ont été dépassées par le temps ainsi que par l'avènement des techniques et des technologies modernes. Quand on croit, aujourd'hui, que renverser du sel porte malchance, on se réfère à l'époque où ce condiment était l'élément de base pour la conservation des aliments. Pour les marins qui partaient en mer pour des périples pouvant durer des mois, des années, c'était quelque chose de sérieux, voire de sacramentel car, lorsqu'on en renversait, qu'on en perdait, on réduisait d'autant ses chances de survie. Il y a aussi cette superstition qui dit qu'être la troisième personne à s'allumer à une allumette (ou à un briquet) porte malchance. Celle-ci, relativement récente puisqu'elle provient de la Deuxième Guerre mondiale, comporte aussi un aspect pratique: lorsque trois soldats allumaient leur cigarette à la même allumette, le dernier était souvent victime du tir de l'ennemi. En effet, le temps qu'il fallait pour allumer la cigarette des trois hommes correspondait exactement au temps qu'il fallait, la nuit, pour repérer la flamme, au premier homme qui s'allumait, mettre en joue, pour le deuxième et tirer, pour le troisième!

Mais il existe des milliers d'autres superstitions – qu'elles portent bonheur ou qu'elles indiquent de mauvais présages – dont les origines se perdent dans la nuit des temps et que nous ne pouvons plus expliquer, même si nous les pratiquons encore.

Magie. Superstition. Cela n'est pas indissociable, disons-le franchement. Car tout ne s'explique pas – surtout pas le résultat de cause à effet. Et c'est là le hic dans notre société moderne où tout doit pouvoir être décortiqué comme un corps sous le scalpel d'un médecin légiste.

Mais ça, ça n'est pas la vie – la *vraie* vie – où tant de choses demeurent encore inexpliquées.

Néanmoins, tout comme pour les superstitions évoquées précédemment, il faut reconnaître qu'il est parfois assez difficile de reconstituer des pratiques ou des rituels vieux de plusieurs centaines, voire de milliers d'années. Ce que les archéologues, les anthropologues et les sociologues trouvent ne sont, le plus souvent, que des fragments de rituels. Les interprétations qu'ils nous livrent sont plus ou moins pertinentes, car elles sont analysées avec l'œil et la conscience d'aujourd'hui, teintées du scepticisme qui caractérise notre époque. Chacun reconnaît toutefois que l'évolution de nos civilisations a créé de larges trous dans le savoir et la connaissance occultes.

Mais est-ce à dire que, parce que nous ignorons certaines données, nous sommes condamnés à ne pouvoir utiliser ces *recettes* d'antan? Bien sûr que non, car la magie a justement recours à un élément essentiel de l'être humain: la créativité.

C'est la raison pour laquelle il faut utiliser son imagination et sa créativité lorsqu'on décide de pratiquer des rituels de magie. D'une part, c'est accepter la responsabilité de sa demande, c'est mettre l'accent, sur le plan de l'énergie, sur un point particulier qui nous tient à cœur. C'est aussi prendre en main sa destinée au lieu de laisser les autres décider de ce qui est bon pour nous. D'autre part, c'est aussi réapprendre à se réapproprier l'énergie, les propriétés des herbes, des plantes, des pierres, des métaux, des couleurs. C'est accepter d'utiliser toutes les propriétés de l'univers qui nous entoure.

LA MAGIE: SCIENCE, RELIGION

La magie se définit donc comme la science, la religion des mages. Le mage, toujours selon le *Larousse*, est «celui qui est versé dans les sciences occultes, la magie.» La sorcellerie s'inscrit dans la même tangente, puisqu'on parle alors de «manifestations, événements extraordinaires d'origine mystérieuse, qui semblent relever de pratiques magiques, de forces surnaturelles». On dit aussi: «Capacité de guérir ou de nuire, propre à un individu au sein d'une société, d'un groupe donné, par des procédés et des rituels magiques.» Mais au mot «sorcière», dans ce même ouvrage, on accole une définition péjorative: «Personne que l'on croit en liaison avec le diable et qui peut opérer des maléfices.»

Pourtant, les définitions de «magie» et de «sorcellerie» sont les mêmes à peu de choses près, mais le mage et la sorcière sont vus fort différemment. Les mages, dont Merlin est probablement le plus connu, ont été admirés; les sorcières, elles, ont été brûlées sur des bûchers.

L'histoire nous dit pourquoi, quand on regarde d'un peu plus près, surtout lorsqu'on considère la magie comme une «religion».

Certes, cela peut choquer plusieurs personnes qui sont chrétiennes, catholiques, parce que, lorsqu'on parle de religion, une allusion à quoi que ce soit d'autre peut sembler profane et nous faire craindre la répudiation. Il ne le faut pas. Un jour, je me suis d'ailleurs entretenu de ce dilemme avec un ami prêtre. Alors que je m'attendais à le voir dénoncer ces pratiques païennes, il m'offrit une vision moderne de la question et m'expliqua, surtout, que si cela était fait sans renoncement ou dénonciation des principes qui animent l'Église catholique, si cela ne nous conduisait pas à l'idolâtrie, ce n'était pas *nécessairement* en opposition avec l'enseignement religieux.

UN PEU D'HISTOIRE, POUR MIEUX COMPRENDRE

Pour comprendre les raisons qui font que la magie a si mauvaise presse, il faut nécessairement faire un tour d'horizon de l'histoire.

Malgré le respect que je porte à cet ami prêtre, il faut bien admettre que, depuis plusieurs siècles, les religions «organisées» ont perpétué des mythes calomnieux au sujet des pratiques de la magie et de la *Vieille religion*, parce que c'est ainsi qu'est définie la magie depuis la nuit des temps. Elles l'ont d'ailleurs fait de façon si adroite que, même de nos jours, beaucoup de gens associent spontanément la magie au satanisme et croient que les mages et sorcières adorent le diable, pratiquent des sacrifices humains et organisent des rites orgiaques dégradants où ils forcent la participation de jeunes innocents.

Remettons les choses en perspective.

Il est utile de se rappeler que chaque fois qu'une nouvelle religion s'installe, elle cherche, et ce, par tous les moyens dont elle dispose, à discréditer les autres cultes. L'histoire nous le démontre d'ailleurs à tous ses tournants. Il suffit de se souvenir des premiers chrétiens soupçonnés de crimes abominables par les autorités romaines: on les accusait d'organiser des rites orgiaques dans les catacombes où ils ne se réunissaient pourtant que pour prier. Mais l'imagerie populaire voulait qu'ils accomplissent des sacrifices humains durant leurs messes et qu'ils commettent des actes de cannibalisme durant celles-ci. Les Romains prenaient au sens littéral la célébration de l'Eucharistie, où l'on consomme le corps et le sang du Christ. On profita donc de cette perception populaire (*populaire* parce que partagée par une grande partie de la population) pour les accuser de tous les crimes les plus répugnants. Tout cela, retenons-le, n'était basé que sur de l'information fausse ou mal interprétée.

En ce sens, il est assez ironique de constater que, quelques centaines d'années plus tard, les *autorités* chrétiennes se sont servies des mêmes techniques et du même genre d'allégations pour condamner des milliers de personnes qui pratiquaient la magie et les *Vieilles religions* – surtout des femmes – au bûcher après les avoir torturées sans merci pour des crimes le plus souvent issus de l'esprit dérangé des inquisiteurs.

INIMITIÉ ET... COMPÉTITION!

Néanmoins, si l'on examine d'un peu plus près l'histoire des religions, leur apparition, leur évolution, leur disparition dans certains cas, on remarque que le christianisme a greffé toutes ses fêtes majeures autour des grands festivals païens, et cela, dans le but non avoué mais évident, de faire oublier aux populations auxquelles il s'adressait l'origine et la signification de ces rites anciens. Plusieurs coutumes, comme le gui à Noël ou la décoration des œufs durs à Pâques, sont ainsi directement issues des traditions païennes. J'y reviendrai d'ailleurs un peu plus loin dans cet ouvrage.

En fait, plusieurs raisons sont à l'origine de cette inimitié entre la chrétienté et la *Vieille religion*. La plus importante est incontestablement d'ordre social. Nous devons nécessairement admettre que le christianisme est basé sur un système patriarcal et que, par conséquent, il voit d'un mauvais œil les pratiques de la *Vieille religion*, laquelle est basée sur un système matriarcal. Aucune opposition ne peut être plus évidente: dans le christianisme, l'homme contrôle, domine et occupe le premier plan; dans la *Vieille religion*, c'est l'aspect féminin qui prime, la nature, la fécondité de la terre et, par extension, la femme qui donne vie. C'est ainsi que, sous l'autorité chrétienne, on a fait abstraction presque totale de la femme et que, même dans le bannissement de la pratique de la magie, on a fait abstraction de la déesse pour lui substituer Satan – la créature honnie parmi toutes les créatures.

Pourtant, ce pas n'aurait jamais dû être franchi. Car les sorcières et les mages qui pratiquent la *Vieille religion* honorent simplement l'aspect féminin de la création, sans pour autant dénigrer ses autres aspects. Ceux qui se sont d'ailleurs tournés vers les traditions de l'Antiquité y ont découvert un grand respect pour la nature, pour les mystères de la vie et pour la femme. Ils y ont aussi trouvé un code d'éthique simple, facile d'utilisation qui les met sur la voie du juste milieu, celui de la magie.

Lorsqu'on soulève le voile de mystère et de préjugés qui entoure la magie et qu'on regarde celle-ci sans peur, on découvre que les pratiques de magie ne sont qu'un moyen d'utiliser l'énergie qui nous entoure, qu'elle provienne de la Terre, de l'Univers, du cosmos ou de l'intérieur de nous-même. On se rend compte que les rituels, les invocations, les recettes magiques ne servent qu'à augmenter et à renforcer notre volonté. Ils nous aident à concentrer notre attention et nous permettent de puiser dans des réserves spirituelles et émotives dont nous avions toujours ignoré l'existence.

COMPRENDRE LES PRINCIPES

Comme vous pourrez le constater au fil des pages de cet ouvrage, la magie et la pratique de la *Vieille religion* sont simples. C'est normal, puisqu'elles proviennent du peuple, des gens ordinaires, d'une époque où les rituels magiques faisaient partie intégrante du quotidien. En ces temps lointains, il aurait d'ailleurs été dérisoire, voire impensable, de mettre en doute l'efficacité de ces pratiques, un peu comme si aujourd'hui quelqu'un mettait en doute le fait que la Terre est ronde.

Ceux qui pratiquaient ces rituels – comme, de nos jours, leurs descendants – utilisent et canalisent des énergies naturelles que notre science et notre technologie actuelles n'ont pas encore reconnues ou ne peuvent quantifier et qui, dès lors, sont pour l'instant ignorées. Un jour, les choses changeront sans doute.

Néanmoins, ces énergies sont bien réelles et présentes dans l'air, la terre, le feu, l'eau, les plantes, les pierres; les mages, les sorcières et les adeptes de la magie sont simplement des êtres qui croient qu'ils peuvent les libérer et les diriger de façon à créer un changement positif dans une situation spécifique. Ces personnes ont décidé d'étudier et de chercher leurs ressources intérieures afin de découvrir ces pouvoirs cachés présents en chacun de nous. Les praticiens de ces rites travaillent en harmonie avec la Terre et l'Univers pour obtenir des choses concrètes, du travail, la résolution d'un problème, etc.

Toutes les pratiques expliquées dans ce livre sont issues de la planète et des lois cosmiques et sont en harmonie avec celles-ci.

La *Vieille religion* – communément appelée *Wicca* de nos jours – est en fait un amalgame de plusieurs cultes anciens. C'est un système de croyances basé sur la nature, où l'on honore la déesse qui représente l'aspect féminin de la création ainsi que son consort qui, lui, représente l'aspect masculin.

Issus de différentes cultures et leurs croyances datant d'époques diverses, les adhérents au paganisme moderne s'entendent sur les points fondamentaux suivants:

- La divinité est immanente et intérieure, c'est-à-dire présente en chacun de nous; elle est aussi bien transcendante et extérieure, c'est-à-dire présente dans tout ce qui existe.
- Le divin se manifeste surtout par l'entremise d'une femme; cela explique le grand nombre de femmes adhérant au *Wicca*, tant dans les temps anciens que de nos jours.
- Tous les dieux et toutes les déesses sont inclus dans le panthéon *Wicca*, ce qui engendre une plus grande tolérance à l'égard des autres systèmes religieux.
- La nature jouit du respect et de l'amour de tous les *Wiccans* ainsi que d'un statut privilégié; elle est reconnue comme une entité en elle-même.
- L'insatisfaction face aux religions organisées font du mouvement *Wicca* un conglomérat d'individus autonomes plutôt qu'un groupe homogène.
- Tous les *Wiccans* ont la conviction profonde que l'être humain est fait pour vivre une existence de joie, d'amour et de plaisir, tout en respectant ses semblables et en vivant en harmonie avec la nature, la planète et l'univers.
- Le code d'éthique des *Wiccans* consiste principalement à ne faire de tort ou de mal à personne.
- Chacun a la conviction profonde que toute personne peut, grâce à un entraînement adéquat et à de la discipline, accomplir des actes magiques et miraculeux en utilisant ses propres ressources psychiques.
- Chacun procédera à la célébration des festivals et des rites conformément au calendrier solaire et aux phases de la Lune.
- Tous les *Wiccans* possèdent une foi profonde en l'être humain et en ses possibilités.

QUI SONT LES MAGES ET LES SORCIÈRES D'AUJOURD'HUI

Mais, vous interrogez-vous, qui donc pratique ces rites de nos jours? Regardez autour de vous. Tout le monde s'y intéresse et beaucoup de gens s'y livrent, parfois même sans le savoir. Voyez tous ceux et toutes celles qui achètent des pierres et des cristaux, de l'encens, des chandelles; observez les gens qui feuillettent les livres en librairie

Mais nous devons tout de même garder à l'esprit que la magie n'est pas une série télévisée ou un film concocté par un studio hollywoodien. Il n'y a pas d'effets spéciaux! La magie est simplement un processus qui utilise des énergies naturelles pour matérialiser, provoquer des changements. Il faut de la patience, de la détermination et de la persévérance pour arriver à ses fins.

Cependant, si cela peut vous rassurer, tout le monde peut pratiquer la magie; vous n'avez pas besoin de changer vos croyances pour le faire. L'adhésion au *Wicca* – la «religion» des sorcières modernes – n'est ni obligatoire ni même nécessaire pour célébrer des rites ou invoquer l'aide de l'Univers.

LA JOIE D'ÊTRE, LA JOIE DE VIVRE

Comme nous le répéterons souvent dans ce livre, faites preuve d'imagination et de tolérance. Servez-vous de votre créativité: c'est la seule façon d'arriver à créer un monde meilleur où toutes les valeurs spirituelles pourront se côtoyer harmonieusement sans qu'une ou l'autre ne tente de détruire les autres pour prouver qu'elle est supérieure.

Gardez un esprit ouvert, mais ne vous laissez pas entraîner dans des pratiques que vous jugez équivoques. Méfiez-vous de ceux qui vous diront qu'ils possèdent la vérité et que leur voie est la bonne. Expérimentez par vous-même: vous êtes le seul juge de ce qui est bon pour vous et votre conscience.

À l'aide de ce livre, célébrez la joie d'être, la joie de vivre; la beauté de la nature. En d'autres mots, rendez grâce à la planète pour toutes les bontés qu'elle nous accorde.

Quelques dernières lignes en conclusion de ce premier chapitre: l'éthique *Wicca* dit que le bien que vous faites vous sera retourné trois fois, mais que le mal que vous pourrez faire vous sera aussi rendu trois fois.

Mais il s'agit de votre décision et personne d'autre que vous n'est responsable pour les actes que vous commettez. Notre passage sur la terre est si court, servez-vous-en de façon positive pour le plus grand bien de tous.

Chapitre 2

COMMENT SE PRÉPARER

SE «NETTOYER»

Avant de conduire un rituel ou de célébrer un sabbat, il vous faut nécessairement prendre le temps de vous mettre véritablement dans l'esprit de ce que vous désirez accomplir. C'est d'ailleurs là une condition *sine qua non* pour que les rituels que vous pratiquez vous donnent les fruits que vous espérez.

De la même façon que vous nettoyez la maison avant de recevoir des invités, vous devez aussi prendre le temps de nettoyer votre corps et de purifier votre esprit avant d'invoquer et de recevoir les énergies supérieures. Un des meilleurs moyens pour y parvenir est de prendre un bain «spécial» qui vous permet de vous détendre complètement et de vous purifier pour vous préparer aux rites qui suivront. Comme ce bain est d'essence magique, on comprendra aisément qu'il n'est pas conçu pour vous laver en tant que tel. Nous vous conseillons donc de prendre une douche auparavant si vous désirez, par exemple, utiliser un savon commercial ou vous laver les cheveux. Le bain magique, quant à lui, est conçu tout spécialement pour vous permettre de concentrer votre esprit sur le rituel que vous allez célébrer.

Ainsi, il vous permet de libérer votre corps et votre esprit de toute énergie négative et de concentrer votre attention ainsi que votre énergie sur le rituel que vous avez choisi.

Voici quelques recettes qui sauront sûrement vous profiter.

LES RECETTES DE BAINS MAGIQUES

Pour vous détendre et dissiper les énergies négatives

Ajouter, à l'eau de votre bain, un peu de jus de citron, d'eau de rose, de lavande et de cèdre.

Pour pratiquer des rituels de purification et de protection

Ajouter, à l'eau de votre bain, un peu de frankincense et de myrrhe (sous forme d'huiles essentielles ou de poudres).

Pour pratiquer des rituels de divination

Ajouter, à l'eau de votre bain, un peu de pin, de citron et de sauge (sous forme d'huiles essentielles ou de poudres).

Pour pratiquer des rituels d'amour

Ajouter, à l'eau de votre bain, un peu de pétales ou d'eau de rose, quelques marguerites qui flottent sur l'eau, des huiles de muguet, de lavande et de ylang-ylang.

Pour pratiquer des rituels augmentant votre sensibilité psychique

Ajouter, à l'eau de votre bain, quelques feuilles de basilic et d'essence de violette (ou d'écorce de saule) et de feuilles de menthe.

Pour pratiquer des rituels d'initiation

Ajouter, à l'eau de votre bain, 60 mL (1/4 t.) de jus de pomme, quelques fleurs jaunes et quelques gouttes d'huile d'olive.

Pour pratiquer des rituels de purification

Ajouter, à l'eau de votre bain, 60 mL (1/4 t.) de vinaigre, de jus de citron, quelques feuilles de laurier et quelques aiguilles de pin.

* * *

Dans tous les cas, sauf lorsqu'il y a certaines indications particulières, nul besoin d'utiliser de grandes quantités de ces herbes, de ces aromates ou de ces huiles. Vous pourrez d'ailleurs trouver la plupart de ces aromates en huiles essentielles: quelques gouttes suffiront à parfumer votre bain. Quant aux herbes, une pincée suffit.

Avant d'entrer dans ce bain, allumez une chandelle et éteignez l'éclairage habituel; la lumière plus douce de la chandelle vous permettra de vraiment vous détendre.

Concentrez-vous et demandez l'aide de vos guides spirituels, des éléments aussi, afin que votre rituel soit réussi et que vous en tiriez le meilleur parti possible. Prenez le temps de bien vous détendre. Ne comptez pas le temps. Lorsque vous sortez du bain, commencez à pratiquer votre rituel le plus rapidement possible. Il est donc préférable de préparer tout ce qui vous sera nécessaire.

COMMENT SE VÊTIR LORS DES CÉLÉBRATIONS ET DES RITUELS

Certaines personnes accordent une grande importance à la façon de se vêtir pour pratiquer des rituels ou participer à des célébrations. Toutefois, il faut bien l'admettre, tout cela est essentiellement une question de goût et de moyen – non pas pour ce qui est de l'argent, mais pour le talent, l'habileté.

Traditionnellement, les vêtements des sorcières étaient entièrement cousus à la main et brodés de symboles. De nos jours, bien sûr, rares sont les personnes qui cousent à la main; la plupart préfèrent se servir de ces machines à coudre si pratiques. N'hésitez d'ailleurs pas à le faire, puisque cela n'affectera en rien le caractère de votre robe de rituel. Retenez cependant que vous ne devrez porter ce vêtement que lors de la pratique de rituels ou lors de célébrations.

Mais quel genre de vêtement confectionner?

Traditionnellement, la robe pour les rituels ou les cérémonies consiste en une tunique très simple à manches longues et à encolure en V; si vous vous débrouillez le moindrement en couture, vous pourrez tracer vous-même le patron en vous servant d'un grand t-shirt et en l'allongeant à la longueur désirée. Vous ferez la même chose pour les manches. Coupez tout simplement une fente au milieu du cou et rabattez les pointes vers l'intérieur.

PRATIQUE

Bien sûr, cela n'est pas essentiel à la réussite de la pratique de vos rituels. Il est plus important de vous y préparer mentalement et spirituellement et de bien suivre les différentes étapes qui conduisent au rituel lui-même.

Ainsi, vous pouvez vous vêtir comme bon vous semble pourvu que vous vous sentiez dans l'atmosphère de ce que vous vous apprêtez à faire. Vous pouvez vous procurer une longue chemise de nuit de style victorien en coton ou en finette, ce qui s'avère très confortable. Si vous aimez certains vêtements en particulier, que ce soit des *leggins* et une chemise ou encore une jupe colorée et une blouse, rien ne vous empêche de les porter en pratiquant votre rituel.

Vous pouvez également broder des symboles magiques et des runes sur votre vêtement. Si vous ne savez pas comment ou ne voulez pas faire ce genre de travail, procurez-vous de la peinture à vêtements; il existe aussi des crayons indélébiles dont les couleurs resteront vives même après plusieurs lavages.

Utilisez toutefois des tissus naturels, par exemple le coton ou la soie. Ils vous permettront de conserver davantage d'énergie.

Vous pouvez aussi laisser libre cours à votre imagination et vous créer un magnifique costume, une tunique à longues manches de style médiéval ou une splendide robe de la Renaissance. Dites-vous bien que toutes les époques ont connu des sorcières et que les costumes ont évolué avec le temps.

Avec toute l'information disponible de nos jours, il est possible de trouver facilement un vêtement qui vous conviendra et, surtout, vous plaira.

Chapitre 3

VOTRE AUTEL, VOS OUTILS

COMMENT CRÉER VOTRE AUTEL

Lorsqu'on décide de pratiquer la magie blanche pour s'attirer les influences positives des forces supérieures de la nature, il faut prévoir l'installation d'un petit autel. Que cela ne vous effraie pas, puisque n'importe quelle surface plane peut servir d'autel. Vous n'avez pas besoin d'une table immense qui occupe toute une pièce, car vous pouvez utiliser un espace très restreint qui pourra vous servir au quotidien, quitte à prévoir une plus grande surface lors de cérémonies ou de rituels spéciaux.

En fait, cet autel quotidien doit simplement avoir suffisamment de place pour accueillir les représentations des quatre éléments, c'est-à-dire un récipient contenant de l'eau (élément de l'eau), un bougeoir avec une chandelle (élément du feu), un bol rempli de sel (élément de la terre) et un récipient pouvant contenir de l'encens (élément de l'air). Vous devez d'ailleurs laisser ces éléments *en permanence* sur votre autel.

Placez votre autel de façon à pouvoir circuler derrière. Ainsi, si plusieurs personnes sont avec vous, elles pourront alors entourer l'autel.

Néanmoins, posséder et utiliser un tel petit autel ne signifie pas que vous êtes obligé de pratiquer un rituel tous les jours. Vous pouvez simplement faire brûler une chandelle ou de l'encens, ce qui vous permettra de vous donner un certain recul, de méditer quelques instants sur votre vie, vos pensées. Vous pouvez y consacrer le temps que vous désirez, il n'y a pas de durée précise.

Quant à votre autel, les seules règles dont vous devez tenir compte sont très simples. Gardez sa surface impeccablement propre, changez fréquemment la nappe qui le recouvre et ne laissez ni la cire (des chandelles) ni la cendre (de l'encens) s'y accumuler. Pensez également à changer l'eau de votre récipient tous les jours et veillez à ce que le sel demeure propre et sans poussière.

Lors des rituels ou des célébrations, rajoutez les autres éléments, comme le pentacle, le chaudron, les fleurs et les décorations aux éléments qui font partie de votre autel quotidien.

LES OUTILS À PRÉVOIR

Toute bonne «sorcière» se doit de posséder des outils sacrés qui ne servent qu'à la pratique de ces rituels. Même si ce sont des objets que vous retrouverez habituellement parmi vos ustensiles de cuisine, je vous conseille de vous en procurer de nouveaux que vous destinerez spécialement à l'utilisation que vous comptez en faire.

Nul besoin de posséder tous les instruments et outils décrits ci-dessous. Faites votre choix parmi ceux qui vous seront vraiment utiles après avoir pris connaissance des rituels que vous souhaitez pratiquer.

Lorsque vous décidez de vous servir de certains objets pour votre pratique de magie blanche, vous devez les consacrer. Vous trouverez d'ailleurs, un peu plus loin, les rituels de consécration appropriés.

- **Athamé**

Le modèle standard de la sorcière est un couteau au manche noir, à double tranchant. Il sert dans les rituels et les sortilèges et représente l'élément mystique de l'air. Il symbolise aussi la force vitale. Cet instrument sert également à tracer les cercles magiques lors de rituels ou des célébrations, à trancher les forces maléfiques et les liens mauvais. Il est de plus le réceptacle des énergies magiques récoltées lors des rituels de magie.

Un athamé au manche blanc sert essentiellement à couper les herbes magiques pour la préparation des philtres et des potions, et les branches pour en faire des baguettes. Il peut aussi tracer des symboles sur les chandelles pour les rituels. Enfin, il peut également servir à sculpter les citrouilles d'Halloween (pas pour souligner la fête pour enfants, mais la journée magique par excellence de l'année).

- **Cloche**

Lorsqu'on parle de posséder une cloche, il s'agit le plus souvent d'une petite cloche de cuivre ou de cristal. Elle sert à annoncer le début et la fin des rituels, à invoquer la présence d'un élémental ou d'une déité particulière et à signaler la fin d'une période de méditation de groupe. On sonne aussi la cloche lors du décès d'une sorcière et lors d'un mariage au sein du groupe.

- **Livre des Ombres**

Ne cherchez pas ce livre en librairie, il n'existe pas: c'est le vôtre. Il s'agit plus précisément du journal secret que vous tiendrez au fil des rituels et des expériences que vous vivrez. Ce journal contiendra le récit détaillé de tous les rituels et de toutes les célébrations que vous aurez pratiqués. Il inclura aussi les recettes magiques de potions, de philtres et de tisanes, les formules et les incantations personnelles que vous aurez personnellement élaborées (parce que cela viendra, et plus vite que vous ne pouvez l'imaginer!) ainsi que celles du groupe. Il peut aussi contenir un relevé détaillé de vos rêves prémonitoires. Dans les temps reculés, lors du décès d'une sorcière, ce livre était légué à sa fille ou à sa petite-fille, ou encore gardé par la grande prêtresse du groupe. Lorsqu'il n'y avait pas de descendants, il était alors brûlé afin de préserver ses secrets.

- **Burin**

Le burin est un outil qui sert à graver les symboles, les runes, les noms et les nombres magiques sur les autres outils de la sorcière, mais aussi sur les métaux.

- **Chaudron**

Qui n'a pas déjà entendu parler de ce fameux chaudron magique, le chaudron de la sorcière? Tous les films consacrés au sujet le représentent immense, servant à faire bouillir des décoctions maléfiques. Dans la réalité, c'est quelque chose de bien différent. Il s'agit d'un petit chaudron de fer, ou de fonte, noir qui symbolise l'utérus de la déesse-mère, l'endroit où naît la vie. Il sert à faire mijoter les potions, bouillir les herbes, brûler l'encens, etc. Le chaudron peut aussi servir d'outil de divination, particulièrement lors de la célébration de l'Halloween. Rempli d'eau, il devient alors le miroir magique de la sorcière.

- **Sabre (ou épée) de cérémonial**

Le sabre (ou l'épée) représente l'élément du feu. Il symbolise aussi la force de la sorcière. Dans certaines traditions, la sorcière se servait de l'épée pour tracer et effacer le cercle magique. Il peut aussi servir à conserver de l'énergie magique.

- **Coupe**

La coupe sacrée représente l'élément de l'air. Elle est utilisée lors de rituels et de célébrations pour contenir l'eau ou le vin dédié à la déesse et qui est bu par la grande prêtresse, c'est-à-dire celle qui célèbre le rituel. Traditionnellement, la coupe est d'argent, décorée de symboles magiques et de runes (de là la nécessité du burin qui vous permet de graver les symboles nécessaires). De nos jours, cependant, plusieurs utilisent des coupes de laiton ou d'autres métaux et même de cristal ou de verre. Tout cela, selon les détenteurs de cette science, est une question de choix personnel. Bien sûr, évitez d'utiliser une coupe dont vous vous servez pour boire quotidiennement. Achetez-en plutôt une que vous consacrerez spécialement à cette utilisation.

- **Pentacle**

Le pentacle est un disque plat, fait de bois, de cire, de métal ou de terre cuite. Dessus est gravé ou dessiné le symbole mystique de l'étoile à cinq branches (l'étoile de la sorcière), communément appelée le pentagramme. Il représente l'élément de la terre et symbolise l'énergie féminine. Lors de rituels de consécration, on place, sur le pentacle, les objets à consacrer, par exemple les amulettes, les herbes, les cristaux. Le pentacle est un des outils essentiels qui doivent toujours être placés sur l'autel.

- **Baguette**

La baguette magique est fabriquée à partir d'une fine branche d'arbre; elle représente l'élément du feu et symbolise la force, la conviction, la volonté ainsi que le pouvoir de la sorcière. Lors de cérémonies magiques, elle représente l'élément de l'air. La baguette est traditionnellement d'une longueur d'environ 50 cm et doit nécessairement être fabriquée par la sorcière à partir d'une branche d'arbre, qu'elle passera lentement au papier sablé fin. Elle sert à tracer des symboles magiques sur le sol ou dans les airs, à diriger les énergies et à brasser les potions magiques du chaudron.

Quelle sorte de bois utiliser?

Bouleau: rituels de guérison et de magie blanche.
Noisetier: rituels de magie blanche.
Chêne: rituels druidiques et magie solaire.
Saule: rituels de la Lune.
Sorbier: rituels de protection.

COMMENT CONSACRER VOS OUTILS, VOS INSTRUMENTS ET VOS VÊTEMENTS

Il n'est pas nécessaire que vous consacriez les éléments de votre autel quotidien; de par leur nature même, chaque fois que vous allumez l'encens ou la chandelle, que vous changez l'eau ou le sel, vous les dédiez à la déesse et aux forces des éléments qu'ils représentent.

Par contre, il vous faut consacrer les autres objets énumérés précédemment qui vous serviront lors de rituels.

Pour ce faire, assurez-vous d'abord d'avoir tous vos objets sous la main, sur votre autel. Si vous en oubliez un, tant pis! vous le consacrerez une autre fois, car vous ne devez pas quitter votre espace de travail à partir du moment où vous commencez le rituel de consécration. Celui-ci est simple, mais doit toutefois être suivi rigoureusement.

Prenez l'objet à consacrer dans vos mains, haussez-le au-dessus de votre tête pour le présenter aux dieux et aux déesses que vous avez choisi d'honorer (si vous n'avez pas fait de choix, consacrez vos objets aux archétypes, c'est-à-dire à la grande déesse de la terre et à son consort). Ensuite, procédez avec les éléments: saupoudrez un peu de sel sur l'objet en disant:

«Je consacre cet objet (nommez-le) *avec le sel de la terre.»*

Poursuivez avec l'eau en disant:

«Je consacre cet objet, avec l'eau du ciel et des rivières.»

Continuez ensuite avec la flamme, en approchant votre outil de celle-ci, sans lui toucher (et sans vous brûler), en disant:

«Je consacre cet outil avec le feu sacré.»

Terminez avec l'encens, en baignant votre outil dans la fumée et en prononçant les mots suivants:

«Je consacre cet objet avec l'air parfumé.»

Comme vous le voyez, c'est très simple et très facile. Lorsque vous pratiquez ce rituel, concentrez-vous néanmoins sur le caractère sacré des gestes que vous faites: ceux-ci sont anciens, millénaires. Pensez à toutes les personnes qui les ont faits avant vous et ressentez leur présence, leur amour.

Lorsque vous vous engagez dans une telle pratique, n'oubliez pas que vous suivez une tradition immémoriale. Vous devez sentir – pas nécessairement la première fois, mais au fil du temps et de vos expériences personnelles – l'énergie des siècles passer en vous et la bienveillance de tous ceux et toutes celles qui ont partagé et partagent cette énergie sacrée.

LE CERCLE MAGIQUE

La base de tout rituel ou de toute célébration de sabbat est le fait de tracer notre cercle magique, c'est-à-dire créer notre environnement magique afin d'y concentrer les énergies positives et d'éviter qu'elles ne s'éparpillent dans tous les sens.

Lorsque vous tracez votre cercle, vous fabriquez en quelque sorte une bulle d'énergie qui entoure complètement le périmètre tracé, un peu comme ces champs d'énergie qu'on nous présente dans *Star Trek*. Vous pouvez visualiser cette énergie comme une lumière bleu pâle qui entoure complètement votre sanctuaire, votre autel si vous préférez.

La grandeur du cercle que vous tracerez dépend naturellement du nombre de personnes qui s'y trouveront. Comme il est important de ne pas briser le cercle durant le rituel, faites-le assez grand pour que les gens puissent circuler librement; si vous êtes seule, un cercle de 1,80 m à 2,75 m de diamètre est amplement suffisant.

La première fois que vous tracerez votre cercle, faites-le avec votre doigt, puisque votre athamé ou votre épée ne sont pas encore consacrés. Faites le tour de votre périmètre trois fois, tout en imaginant qu'une lumière bleue s'interpose entre vous et le reste de la maison. Vous n'avez rien à dire pour l'instant; contentez-vous de définir le tour de votre environnement.

Une fois que vous avez accompli ces trois tours, placez-vous devant votre autel et prenez le bol de sel dans vos mains en vous tournant vers le nord.

En partant du nord, faites encore une fois le tour de votre cercle en prononçant, cette fois-ci, ces mots:

«Avec le sel de la terre, je consacre ce cercle.»

Revenez devant l'autel et, en prenant maintenant le récipient d'eau, tournez-vous vers l'est. En partant de ce point, effectuez le tour de votre cercle en prononçant ces mots:

«Avec l'eau du ciel et des rivières, je consacre ce cercle.»

Une fois revenu au point d'où vous étiez parti, allumez la chandelle et faites le tour du cercle en disant, cette fois:

«Avec le feu sacré, je consacre ce cercle.»

Revenu à votre point de départ, allumez cette fois l'encens et, pour une dernière fois, faites le tour du cercle en disant:

«Je consacre ce cercle avec de l'air parfumé.»

C'est maintenant fait: vous venez de tracer votre premier cercle magique et créer un environnement bénéfique où aucune énergie négative ne peut entrer ni vous toucher.

Il est bon de noter que si vous pratiquez ces rituels à plusieurs et que quelqu'un dans votre groupe est particulièrement négatif, cette personne ne pourra rester longtemps dans le cercle; il lui faudra sortir. Dans un tel cas, vous n'avez qu'à trancher symboliquement le cercle pour la laisser passer et, ensuite, à le refermer avec votre main. Imaginez qu'il s'agit d'une gigantesque fermeture éclair!

FERMER LE CERCLE

Lorsque vous avez terminé votre rituel, il vous faut maintenant fermer, «bannir» en terme de magie, votre cercle magique.

C'est une question d'étiquette, de respect, pour l'énergie cosmique. Au lieu de laisser cette énergie se disperser à force de traverser le cercle, renvoyez-la respectueusement au cosmos en remerciant les éléments et l'Univers pour leurs dons.

Prenez donc quelques instants pour remercier les entités présentes et, lentement, faites le tour de votre cercle en disant:

«Je remercie l'Univers pour ce cercle
et je renvoie cette énergie d'où elle provient,
tout est maintenant comme auparavant.»

Chapitre 4

LES ENCENS ET LES CHANDELLES

LES ENCENS ET LEURS EFFETS

Les encens sont trop souvent utilisés pour simplement changer les odeurs de la maison, masquer les odeurs désagréables causées par la cuisson, le chien ou le chat! Pour ces situations, il existe pourtant des solutions plus appropriées qui vous permettront ensuite de faire brûler un encens plus doux et d'en tirer vraiment profit.

En effet, l'encens, perçu dans sa véritable influence, c'est autre chose: c'est un «outil» qui a un effet bénéfique sur le corps et l'esprit, car il contribue de façon importante à élever nos vibrations, à libérer notre esprit. Mais il nous faut, néanmoins, pour y parvenir savoir choisir l'encens que nous utiliserons, puisque celui-ci n'aura pas nécessairement le même effet sur nos différents sens, chacun exigeant des stimulations différentes.

Pendant que l'aspect rationnel de notre être se contentera d'apprécier et de profiter de l'odeur, notre cerveau, lui, enregistrera l'odeur, puisera aux références que lui fournira notre mémoire et provoquera l'action de notre subconscient. Lorsque l'encens que nous utilisons est approprié à ce que nous voulons faire, sans que nous en prenions réellement conscience, certains aspects de notre moi deviennent plus aiguisés, plus réceptifs.

La pertinence du choix de l'encens que nous utiliserons, selon les actions que nous voulons poser, apparaît donc dans toute son acuité, afin que nous n'éveillions pas, en nous, des réactions contraires à celles que nous souhaitions.

De là, d'ailleurs, l'importance de connaître les effets des encens. Peu de gens savent, par exemple, que les encens à base de bois de santal, de cèdre, de pin, comme des conifères en général, ont des propriétés essentiellement aphrodisiaques; que les encens à base d'agrumes (citron, orange, pamplemousse, etc.) et ceux à base de vanille éveillent habituellement notre appétit. Ainsi, nous n'utiliserons les premiers qu'en certaines occasions, par exemple en compagnie de notre partenaire amoureux; nous éviterons d'utiliser les seconds si nous sommes à la diète ou dans une période de jeûne.

Vous ignoriez probablement ces faits, comme la majorité des gens d'ailleurs, mais l'ignorance n'est pas un mal si l'on accepte d'apprendre. Voici donc, dans le but d'affiner vos connaissances, quelques-uns des principaux encens et les effets qu'ils suscitent en nous, tant sur les plans physique que mental.

Commençons d'abord par ceux qui favorisent la méditation et, du coup, la communication avec les esprits, notre ange gardien, ou toute autre entité.

Jasmin

Il suscite la douceur, le calme, la paix intérieure. Il est de plus tout à fait indiqué pour la méditation.

Lavande

Elle élimine les vibrations négatives, permet la détente du système nerveux et apporte le calme.

Tilleul

Il élimine les pensées négatives projetées par notre entourage et favorise les demandes spéciales.

Bois de santal

Il suscite l'amour et la joie, provoque l'éveil des sens. Il est également aphrodisiaque.

Cèdre, pin et autres conifères

Il apporte le calme et la paix, suscite l'éveil des sens. Il est aussi aphrodisiaque.

Rose

La plupart des encens à la rose – il en existe plus de 200 variétés! – favorisent la prospérité.

Il existe quantité de producteurs d'encens, mais nombre d'entre eux utilisent des fragrances chimiques qui ont moins d'incidence sur nos sens. Malheureusement, rien ne les oblige à indiquer ce fait sur leurs emballages. Pour ma part, je retiens essentiellement deux entreprises qui excellent dans ce domaine: *Parfum des Mages*, une entreprise québécoise qui offre d'excellents encens en papier et en cordes et une marque américaine, *Blue Pearl*, qui offre le bâton traditionnel.

Jetons un coup d'œil sur les fragrances que ces deux entreprises nous offrent.

Parfum des Mages, qui n'utilise que des résines pures à 100%, offre cinq essences. Les voici.

Oliban

Il favorise la pensée claire, élimine le négatif et est un support de projection.

Benjoin

Il calme l'esprit et purifie. C'est aussi un agent antiseptique.

Copal

C'est un encens d'accueil. Il apporte également le réconfort.

Myrrhe

Elle améliore la réceptivité et les relations avec l'entourage; elle favorise aussi la circulation sanguine.

Épinette

Elle a un effet aphrodisiaque, mais elle favorise aussi la concentration.

Blue Pearl, toutefois, a l'inconvénient de ne pas se retrouver dans tous les magasins, contrairement à *Parfum des Mages*. Quant aux noms de ses encens, c'est elle qui les a créés. Néanmoins, c'est la plus intéressante en ce qui concerne l'encens en bâtons.

Voyons les propriétés de ses principaux produits.

Silver Lotus

Il favorise l'amour universel, la prise de conscience. On l'utilise souvent pour les initiations ou les rituels importants.

Champa

Il est excellent pour la méditation et la relaxation. De plus, il permet d'accéder à la source suprême.

Heena

Il favorise l'atteinte de la sérénité et de la vérité; il prédispose également à la tranquillité.

Majmaa

Il permet d'entrer en contact avec les forces divines. Il est aussi excellent pour quiconque veut communiquer avec les anges.

Shrinagar

Il permet l'atteinte de la vérité.

Les encens en papier ou en cordes sont généralement d'excellente qualité. L'encens en bâtonnet est facile d'utilisation et meilleur que le cône, habituellement plus cher et de moins bonne qualité.

Cherchez aussi, dans vos encens, des essences naturelles. Évitez plus que tout les fragrances chimiques et les imitations de parfums.

LES CHANDELLES : LEURS COULEURS ET LEURS EFFETS

Allumer et faire brûler une chandelle est probablement le rituel le plus simple et le plus facile d'accès. Il suffit d'allumer une bougie en vous concentrant sur un vœu, un désir ou une demande. La liste de correspondances (voir à la page 40), vous permettra de connaître les éléments qui se rapportent spécifiquement au genre de rituel qui répondra à vos besoins.

Types de chandelles

Tous les types de chandelles sont appropriés pour les rituels magiques. Vous pouvez utiliser des chandelles commerciales, peu coûteuses, et les résultats seront les mêmes que si vous utilisez des chandelles fabriquées à la main. C'est une question de goût, mais aussi, soit dit entre nous, de moyen financier. Il en va de même pour la sorte de cire employée.

La seule différence qui existe, en fait, est que, lorsque vous fabriquez vous-même vos chandelles, cette action, qui prend plusieurs heures, vous permet de charger vos chandelles avec plus d'énergie et devient donc, en elle-même, un rituel. Si vous en avez le temps et le talent, c'est bien, mais ce n'est absolument pas nécessaire.

Lorsque vous faites brûler une chandelle lors d'un rituel, vous n'avez pas à demeurer immobile devant pendant toute la durée de sa consommation. Allumez votre chandelle, prononcez votre prière ou votre incantation, concentrez-vous pendant une dizaine de minutes sur votre vœu, en ayant soin de bannir toute pensée négative. Remerciez la déesse ou l'entité spirituelle pour son aide et laissez la chandelle se consumer lentement.

Quelques conseils

- Placez votre chandelle fermement dans un bougeoir ou un chandelier; centrez celui-ci dans une assiette. De cette façon, si la chandelle tombe, elle restera dans l'assiette et ne risquera pas de provoquer d'incendie.
- Vous pouvez utiliser des chandelles votives qu'on place dans un petit contenant de verre: elles sont appropriées et très sécuritaires.
- Assurez-vous de placer votre chandelle à l'abri des courants d'air, dans un endroit sécuritaire loin des rideaux et des tentures.
- Placez votre chandelle allumée hors de la portée des enfants et des animaux domestiques.
- Ne laissez pas une chandelle allumée lorsque vous quittez la maison.
- Conservez vos chandelles dans un endroit frais afin qu'elles ne se déforment pas sous l'action de la chaleur. Certaines personnes les conservent même au congélateur.

CORRESPONDANCES ET INFLUENCES SELON LES JOURS DE LA SEMAINE

Dimanche

Régi par le Soleil; pour accroître la prospérité, exorciser les influences négatives et promouvoir la guérison.

Lundi

Régi par la Lune; concerne l'agriculture, le jardinage, les animaux domestiques; pour demander la fertilité et promouvoir les réconciliations.

Mardi

Régi par Mars; concerne le courage et la force physique; pour briser le mauvais sort, ou encore vous débarrasser d'une malédiction ou d'influences néfastes.

Mercredi

Régi par Mercure; concerne la communication, les connaissances, le savoir, l'écriture; pour accroître ses facultés de clairvoyance, favoriser les transactions financières.

Jeudi

Régi par Jupiter; concerne le bonheur, la fertilité masculine, les affaires juridiques; pour accroître la chance, acquérir des richesses.

Vendredi

Régi par Vénus; concerne les sentiments, la beauté physique; pour trouver l'amour, régler des problèmes d'ordre sexuel, renforcer les liens d'amitié, favoriser la formation d'associations durables.

Samedi

Régi par Saturne; concerne la communication avec les esprits; pour faciliter la méditation, se défendre contre les attaques psychiques et localiser les objets perdus.

LES COULEURS ET LEURS INFLUENCES

Argent

- Neutralise les influences néfastes;
- Encourage vos dons de diplomatie;
- Attire favorablement le regard des dieux.

Blanc

- Rituel de consécration et de «dédication»;
- Divination, clairvoyance;
- Accroît les pouvoirs psychiques.

Brun

- Aide à localiser les objets perdus;

- Concentration, télépathie;
- Protection des animaux domestiques.

Gris

- Neutralise les influences négatives.

Jaune

- Accroît la confiance en soi, le charme, le magnétisme personnel;
- Réveille les talents cachés.

Noir

- Bannit les influences négatives;
- Exorcise le mauvais œil;
- Bannit les esprits malins;
- Tout rituel de bannissement.

Or

- Attire les influences cosmiques positives;
- Rituel aux déités solaires.

Orange

- Stimule l'énergie;
- Amour, féminité et amitié.

Rouge

- Rituel de fertilité et d'amour;
- Passion, force physique, courage;
- Accroît le pouvoir de sa volonté.

Vert

- Fertilité, succès, ambition positive;
- Guérison, chance, prospérité, argent;

- Annule les effets de l'envie et de l'avarice;
- Aide à contrôler et à abolir les sentiments de jalousie.

Violet

- Accroît le potentiel psychique;
- Guérison, pouvoir personnel;
- Aide à acquérir ou à conserver l'indépendance;
- Protège son environnement.

Deuxième partie

RECETTES ET RITUELS

Les sorts que vous souhaitez,
les ingrédients dont vous avez besoin,
le secret des rituels

Chapitre 5

PRATIQUER LES RITUELS À LA LUNE

L'IMPORTANCE DE LA LUNE

La Lune joue un rôle très grand dans tous les rituels de magie.

Elle fait même beaucoup plus que cela, puisqu'elle joue un rôle très important, voire essentiel, dans notre existence, et cela, qu'on le reconnaisse ou non.

La magie ne cherche pas à nier ses influences sous un prétexte ou un autre. Au contraire, non seulement en tient-elle compte, mais elle cherche aussi à profiter de toute la potentialité qu'elle nous offre. Voilà la raison pour laquelle tout rituel doit être planifié selon les cycles de la Lune. Certaines règles de base sont d'ailleurs fort précises.

Par exemple, un rituel pour accroître la prospérité, pour trouver l'amour, pour séduire, verra son influence accrue de façon considérable s'il est conduit durant la phase ascendante de la Lune, c'est-à-dire de la Nouvelle Lune à la Pleine Lune; un rituel pour décroître, par exemple pour vous aider à perdre du poids ou à chasser une mauvaise habitude, aura plus d'impact s'il est fait durant le cycle descendant de la Lune, soit de la Pleine Lune en descendant.

Quant à la Pleine Lune, elle constitue le moment optimum pour la culmination d'un rituel de prospérité.

Par ailleurs, soulignons-le, il n'est pas recommandé d'effectuer des rituels les soirs où il n'y a pas de lune, car ils sont habituellement associés à la magie noire, c'est-à-dire à ceux qui suscitent des influences maléfiques.

Enfin, n'oubliez pas la loi du triple retour, qui se résume à l'affirmation suivante:

Le bien que vous faites
vous sera remis trois fois;
le mal que vous faites
vous sera fait trois fois.

Voici quelques informations qui ne manqueront pas de vous intéresser si vous en êtes à vos débuts dans la pratique de cette magie positive et bénéfique.

CORRESPONDANCES DES PHASES DE LA LUNE ET DE VOS RITUELS

La position de la Lune détermine et vous aide à choisir le meilleur temps pour conduire certains rituels.

Voici quelques-unes des correspondances les plus courantes et utiles. Elles pourront vous guider dans ce que vous voulez entreprendre, notamment dans les rituels décrits au chapitre 5. En suivant ces conseils de base, vous accentuerez les effets de ces rituels.

De la Nouvelle Lune à la Pleine Lune

- Tous les rituels de guérison.
- Magie blanche positive.
- Pour accroître l'amour, la prospérité, la chance, la croissance, le désir sexuel, la richesse.

La Pleine Lune

- Pour accroître ses dons psychiques, ses facultés extrasensorielles et sa spiritualité.

- Toutes les invocations aux déesses lunaires et aux esprits, les rituels de fertilité, de transformation ainsi que les rêves prophétiques sont favorisés.

La Lune décroissante

- Pour exorciser des influences négatives, rompre avec de mauvaises habitudes, perdre du poids, se débarrasser de personnes dont l'influence est non bénéfique dans votre vie et conjurer le mauvais sort.

Nuit sans Lune

- Aucun rituel de magie blanche ne peut être efficace lors d'une nuit sans Lune. Il vaut mieux vous abstenir d'invoquer les énergies ces soirs-là.

Lune en Bélier

- Pour accroître votre autorité, votre leadersphip. Traditionnellement, c'est à cette période que l'on invoquait les dieux de la guerre.

Lune en Taureau

- Pour pratiquer les rituels qui se rapportent à l'achat d'une maison, à l'acquisition de biens, à l'accroissement de vos richesses et de votre prospérité.

Lune en Gémeaux

- Pour les sortilèges de communication; favorise les déménagements, les activités de relations publiques et l'écriture.

Lune en Cancer

- Pour honorer les déités lunaires, jeter des sorts de protection sur sa maison et ses biens et invoquer les esprits familiers pour une vie familiale paisible.

Lune en Lion

- Pour accroître son rôle social, son courage, la fertilité masculine.

Lune en Vierge

- Pour obtenir un emploi, accroître ses facultés intellectuelles, améliorer sa santé.

Lune en Balance

- Pour accroître sa créativité, son sens de la justice, régler des problèmes légaux et acquérir un équilibre spirituel, karmique ou émotif.

Lune en Scorpion

- Pour régler ses problèmes sexuels, accélérer sa croissance psychique et réussir des transformations profondes.

Lune en Sagittaire

- Pour favoriser les voyages, les déplacements, les activités sportives et sa capacité de reconnaître la vérité.

Lune en Capricorne

- Pour accroître son ambition, être reconnu, favoriser sa carrière; propice aux affaires politiques.

Lune en Verseau

- Pour accroître ses facultés créatives, son sens artistique; favorise la liberté, l'amitié ainsi que la rupture avec des habitudes néfastes.

Lune en Poissons

- Pour favoriser les rêves, la clairvoyance, toutes les facultés extrasensorielles, les poursuites musicales et artistiques en général.

QUELQUES RITUELS PARTICULIERS À DES PÉRIODES LUNAIRES

Pour vous débarrasser d'une mauvaise habitude

Sous la lumière de la Lune en déclin, écrivez d'abord sur un bout de papier ce dont vous voulez vous délivrer (une mauvaise habitude, une mauvaise influence, etc.). Ensuite, déchirez cette feuille en deux. Répétez ce geste trois fois. Puis, prenez les bouts de papier et enterrez-les ou, si vous vivez en appartement, jetez-les dans la cuvette de la toilette et tirez la chasse d'eau. Enfin, prononcez ces paroles:

«En priant à la Lune lorsqu'elle est en déclin,
Du mal dont je souffre, serai délivré,
Ce qui me causait du tort est maintenant captif
Très loin sous le sol.»

Pour vous assurer la protection

Placez un bijou en argent dans une coupe d'eau la veille de la Pleine Lune. Le lendemain, soir de la Pleine Lune, remuez l'eau trois fois avec votre doigt en suivant le sens des aiguilles d'une montre. Prenez la coupe dans vos mains et marchez en rond dans la pièce, en complétant trois tours, toujours dans le sens des aiguilles d'une montre. Puis, dites ces mots:

«Ô lumière de la Lune
Enveloppe-moi
Protège-moi
Nuit et jour.»

Buvez l'eau et retirez ensuite votre bijou de la coupe. Vous devez le porter jusqu'à la prochaine Pleine Lune afin d'assurer votre protection.

Recommencez le rituel tous les mois pour profiter de cette influence.

Pour pouvoir vivre des rêves divinatoires

Pour faciliter des rêves divinatoires, sortez dehors un soir de Pleine Lune avec une rose blanche à la main. Placez la fleur entre vos deux mains et laissez-la baigner dans la lumière de la Lune en disant:

« Éveille mes dons de prophétie. »

Pressez la rose sur votre front et dites:

« Par le pouvoir de ce rituel. »

Ensuite, placez la rose sous votre oreiller avant d'aller dormir.

Pour recevoir une réponse à une ou des questions

Un soir de Pleine Lune, formez un cercle avec le pouce et l'index de votre main dominante (droite si vous êtes droitier, gauche si vous êtes gaucher). Levez votre bras jusqu'à ce que vous puissiez voir la Lune dans le cercle ainsi formé et murmurez ces mots:

« Bonne Lune, ronde Lune
Pleine Lune qui apparaît
Laisse-moi entrevoir
Le futur. »

Après avoir récité cette phrase, tout en continuant à regarder la Lune, posez une question. Vous recevrez une réponse.

Il existe de nombreux rituels et de nombreuses incantations que l'on peut adresser à la Lune qui, quoi qu'on en dise, joue un rôle prédominant dans nos vies.

Rendons-lui hommage: nous en retirerons des influences positives et bénéfiques insoupçonnées.

Chapitre 6

RECETTES ET RITUELS D'AMOUR

POUR SUSCITER LA PASSION

Accessoires

- quelques cheveux de la personne que vous aimez
- quelques-uns des vôtres
- deux cœurs en tissu
- de la verveine séchée
- une aiguille

Mode d'emploi

Prenez quelques-uns des cheveux de la personne que vous aimez et quelques-uns des vôtres, et confectionnez deux petits cœurs en tissu que vous bourrerez de verveine séchée. Dans l'un, ajoutez sa mèche de cheveux, dans l'autre, la vôtre. Cousez ensuite les cœurs pour les refermer. Pressez-les l'un contre l'autre et transpercez-les avec une aiguille. Enterrez-les au pied d'un chêne, une nuit de Pleine Lune.

POUR SUSCITER LA PASSION (2)

Accessoires

- eau
- flacon de verre

- bijou orné d'un diamant
- boisson

Mode d'emploi

Dans un flacon d'eau de source translucide, mettez à tremper un bijou orné d'un diamant (même s'il s'agit d'un tout petit éclat monté sur l'or). Pendant trois jours, exposez ce flacon aux rayons du soleil. Une fois que votre eau sera chargée, retirez le bijou et mélangez l'eau à une boisson que vous servirez à la personne dont vous voulez qu'elle devienne passionnée de vous.

POUR SÉDUIRE UN PARTENAIRE

Accessoires

- boisson
- quelques gouttes de votre sang

Mode d'emploi

Voici un rituel simple pour ceux et celles qui n'ont pas froid aux yeux. Vous offrez une boisson à la personne que vous voulez séduire, dans laquelle vous aurez fait couler deux ou trois gouttes de votre sang.

POUR ÊTRE AIMÉ D'UNE PERSONNE INDIFFÉRENTE

Accessoires

- une photo ou une illustration d'un oiseau rapace
- une photo ou une illustration d'une hirondelle
- un petit bouquet de marjolaine

Mode d'emploi

Prenez l'image de l'oiseau rapace et celle d'une hirondelle, puis brûlez-les avec le bouquet de marjolaine. Exposez les cendres obtenues pendant 21 nuits aux rayons de la Lune, et jetez-en une toute petite poignée sur la personne de votre passion en l'appelant à voix haute et en ajoutant tout doucement:

«Par Scheva, je veux que tu m'aimes.»

POUR ATTIRER L'AMOUR

Accessoires

- feuille de papier blanc
- ciseaux
- petite boîte de carton ou de bois
- 60 mL (1/4 de t.) de pétales de rose séchés
- deux quartz roses
- un anneau pour le doigt
- une chandelle rose

Mode d'emploi

Pour charger d'amour les objets, concentrez-vous et visualisez l'amour qui entre dans votre vie pendant environ 5 minutes.

Découpez un cœur en papier sur lequel vous aurez dessiné deux cœurs entrecroisés; placez-le dans la boîte. Tenez les pétales de votre rose près de votre cœur pendant une minute avant de les déposer dans la boîte.

Chargez d'amour les quartz roses en les tenant entre vos mains au-dessus de la boîte avant de les y déposer. Ensuite, en tenant l'anneau dans vos mains, dites trois fois:

«Symbole d'amour, envoie-moi de l'amour.»

Puis, doucement, placez l'anneau dans la boîte. Chargez d'amour votre chandelle et placez-la à gauche de votre boîte. Après l'avoir allumée, laissez-la brûler pendant exactement 13 minutes en visualisant l'amour qui entre dans votre vie. Éteignez la chandelle et posez le couvercle sur la boîte.

Répétez ce rituel tous les soirs jusqu'à ce que la chandelle soit complètement consumée. À ce moment-là, sortez l'anneau de la boîte et portez-le sur vous (ou conservez-le dans un endroit sûr), puis enterrez la boîte avec le reste de son contenu. L'amour ne devrait pas tarder.

POUR ATTIRER L'AMOUR (2)

Accessoires

- n'importe quelle particule du corps de la personne aimée
- n'importe quelle particule de votre corps
- un ruban rouge

Mode d'emploi

Prenez une particule du corps de la personne aimée (cheveux, ongles, sang), ajoutez-y des particules correspondantes de votre corps. Enveloppez-les ensuite ensemble dans un ruban rouge sur lequel vous aurez écrit vos deux noms avec le sang de l'un des deux. Liez le ruban de manière à faire joindre les noms. Portez ce paquet pendant trois jours sous votre aisselle, puis brûlez-le.

POUR ATTIRER L'AMOUR (3)

Accessoires

- eau de source
- flacon de verre
- boisson fraîche

Mode d'emploi

Exposez, pendant trois nuits de Pleine Lune, un flacon de verre contenant de l'eau de source. Entre chaque Pleine Lune, rangez toutefois ce flacon dans un lieu obscur. Après ces trois expositions, mélangez cette eau chargée des rayons lunaires à une boisson fraîche que vous offrirez à la personne dont vous voulez être aimé.

POUR ATTIRER L'AMOUR (4)

Accessoires

- trois cheveux de la personne aimée
- trois de vos cheveux
- un fil de laine rouge
- trois feuilles de laurier
- quelques grammes de verveine

Mode d'emploi

Liez trois cheveux de la personne aimée et trois de vos propres cheveux avec un fil de laine rouge en prononçant les paroles suivantes :

« Ure Sactus spiritus renes nostros et cor nostrum Domine. »

Cachez le tout dans un endroit fréquenté par la personne que vous voulez voir tomber amoureuse de vous ou, si cela est impossible, brûlez les cheveux avec des feuilles de laurier et de la verveine un vendredi à la clarté de la Lune tout en vous concentrant sur votre désir.

POUR ATTIRER L'AMOUR (5)

Accessoires

- un lys blanc
- de l'ambre gris

Mode d'emploi

Ce rituel doit obligatoirement être pratiqué la nuit de la Saint-Jean, c'est-à-dire le 24 juin. Cinq semaines avant cette date, vous aurez acheté un lys blanc que vous aurez fait sécher avant de le réduire en poudre et d'y ajouter de l'ambre gris. Placez cette poudre dans un petit sac de tissu et gardez-la neuf jours accrochée à votre cou, de façon à ce que le sac soit à proximité de votre cœur. Enfin, le jour de la Saint-Jean, mettez la poudre en contact avec la peau de la personne désirée.

POUR ATTIRER L'AMOUR (6)

Accessoires

- un très petit citron, vert et dur
- 3 mètres de ruban blanc
- 50 épingles neuves, très petites

Mode d'emploi

Enfilez une épingle dans la pointe du citron et une autre dans l'autre extrémité. Disposez les autres épingles de façon à former une croix sur le citron. Récitez ensuite à midi et à minuit la formule suivante:

« (Prononcez le nom de la personne), *je ne te laisserai ni vivre ni reposer jusqu'au moment où tu viendras chez moi, je ne te laisserai ni boire, ni manger, ni rester, en aucun lieu tranquille, jusqu'au moment où tu viendras me chercher.* »

Après cette incantation, ajoutez:

« *J'effectue cette opération pour que* (Prononcez le nom de la personne) *oublie tout le monde sauf moi en vertu de ce citron, et de l'amour que j'ai pour lui (elle).* »

Répétez cette incantation sept fois en faisant chaque fois un nœud au centre du ruban. Dès que les sept nœuds seront faits, attachez-y le citron et portez-le sur votre cœur pendant sept jours consécutifs sans jamais l'enlever.

POUR QU'IL NE PENSE PLUS QU'À VOUS

Accessoires

- un miroir neuf
- un petit voile noir

Mode d'emploi

Achetez un miroir neuf, que vous recouvrirez d'un voile noir dès que vous serez chez vous. Chaque soir, à la même heure, retirez le voile du miroir et mimez les gestes d'amour que vous attendez de lui. Après un cycle de 14 jours qui aura débuté à la Nouvelle Lune, offrez ce miroir devenu magique à la personne de vos rêves.

POUR VOUS «ATTACHER» VOTRE PARTENAIRE POUR LA VIE

Accessoire

- petit flacon rempli d'eau de source

Mode d'emploi

La prochaine fois que vous ferez l'amour avec ce ou cette partenaire, tenez dans votre main gauche un petit flacon rempli d'eau de source.

Concentrez votre pensée non pas sur le fait que vous faites l'amour, mais vers le but unique que vous désirez atteindre: vous l'attacher pour la vie. Après l'orgasme, offrez-lui une boisson à laquelle vous aurez mélangé cette eau dynamisée.

POUR VOUS ASSURER LA FIDÉLITÉ DE VOTRE PARTENAIRE

Accessoires

- une pomme rouge
- une feuille de papier
- trois cheveux de votre partenaire
- trois de vos cheveux
- une petite corde de jute
- un sac de type Ziploc

Mode d'emploi

Écrivez sur un petit morceau de papier blanc, avec quelques gouttes de votre sang, vos nom et prénom ainsi que les nom et prénom de la personne dont vous voulez vous assurer la fidélité. Joignez trois des cheveux de cette personne à trois des vôtres : ils vous serviront à lier le petit billet à un autre sur lequel vous aurez écrit le mot :

« Scheva. »

Fendez la pomme en deux, ôtez les pépins et mettez à leur place les petits billets. Avec votre petite corde de jute, vous rejoindrez les deux moitiés de pomme. Placez-les ensuite dans le sac Ziploc que vous mettrez sous l'oreiller de la personne aimée pendant une nuit. Répétez tous les mois.

POUR RECEVOIR DE SES NOUVELLES

Accessoires

- crayon
- papier
- enveloppe

Mode d'emploi

Écrivez-vous une lettre, comme si c'était la personne aimée qui vous l'adressait, puis placez-la dans une enveloppe que vous vous aurez adressée. Une nuit de Pleine Lune, enterrez-la au pied d'un chêne. Dans 21 jours au plus, vous recevrez de ses nouvelles !

POUR RÊVER D'UN ÊTRE CHER

Accessoires

- une petite tortue
- trois feuilles de menthe
- trois bougies bleues
- une petite clochette

Mode d'emploi

Tracez un cercle protecteur autour de votre lit sous lequel vous placerez une tortue (dans son bocal) ; glissez trois feuilles de menthe dans votre oreiller. Allumez trois bougies bleues et laissez-les brûler pendant une heure. Soufflez ensuite les bougies, faites tinter une clochette et murmurez neuf fois de suite:

«Orpheus, Orpheus, Orpheus.»

POUR QUE VOTRE PARTENAIRE VOUS REVIENNE

Accessoires

- une chandelle rouge
- petites épingles droites

Mode d'emploi

Il vous a quitté et vous voulez qu'il vous revienne? Gravez son prénom avec la pointe d'un couteau sur une chandelle rouge. Plantez ensuite, sur chacune des lettres de son prénom, une petite épingle droite, puis allumez la bougie en pensant amoureusement à cet être qui vous a quitté. Chaque fois que la flamme entrera en contact avec une épingle, il se souviendra que vous existez et n'aura qu'une envie: vous retrouver.

POUR OBTENIR DES FAVEURS CONVOITÉES

Accessoires

- cinq feuilles de laurier fraîches
- un récipient en terre cuite
- de l'huile

Mode d'emploi

Sur les cinq feuilles de laurier, vous inscrirez ces mots:

Ecce quam bonum et quam incundum (*ecce* sur la première; *quam* sur la deuxième; *bonum* sur la troisième; *et quam* sur la quatrième; *incundum* sur la cinquième).

Placez-les ensuite dans un récipient en terre cuite, recouvrez-les d'huile et faites-les cuire. En oignant votre visage de cette substance, vous serez assuré d'obtenir les faveurs que vous souhaitez, et cela, de la personne dont vous voulez les obtenir.

POUR CONNAÎTRE CELUI QUI DEVIENDRA VOTRE AMOUREUX

Regardez la Lune lorsqu'elle est à son premier quartier, concentrez-vous pendant quelques minutes, chassant toutes pensées de votre esprit et répétez trois fois:

« Oh ma Mère la Lune, permets-moi de voir
Qui m'aimera ardemment et pour longtemps. »

Répétez pendant sept soirs consécutifs; la 7e nuit vous rêverez et verrez celui qui deviendra votre amoureux.

POUR ATTIRER QUELQU'UN DU SEXE OPPOSÉ

Accessoires

- 5 mL (1 c. à thé) de chacune des herbes suivantes:
- gentiane
- souci
- fleur de la passion
- violette

Mode d'emploi

Déposez toutes les herbes dans un litre d'eau que vous aurez préalablement fait bouillir; laissez infuser pendant 33 minutes, puis passez au tamis. Jetez les herbes et conservez l'eau dans un pot que vous fermerez hermétiquement.

Ajoutez-en l'équivalent d'un demi-verre à l'eau de votre bain pendant sept soirs consécutifs.

POUR SÉDUIRE QUELQU'UN

Accessoires

- 1 pincée de romarin
- 10 mL (2 c. à thé) de thé noir

- 3 pincées de thym
- 3 pincées de muscade
- 3 feuilles de menthe fraîche
- 6 pétales de roses fraîches
- 5 mL (1 c. à thé) de jus de citron

Mode d'emploi

Faites bouillir trois tasses d'eau de source et faites-y infuser les herbes énumérées ci-dessus pendant une quinzaine de minutes. Puis, un vendredi durant la phase croissante de la Lune ou à la Pleine Lune, récitez l'incantation suivante:

«À la lumière de la Lune croissante
J'infuse cette potion afin que (prononcez son nom) *me désire.»*

Buvez quelques gorgées de votre philtre et dites:

«Déesse de l'Amour
Entends ma prière
Que (prononcez son nom) *me désire*
Qu'il en soit ainsi
Qu'il en soit ainsi.»

Recommencez ce rituel durant trois vendredis et vous aurez réussi à séduire la personne de votre désir. Attention, assurez-vous, avant de faire ce rituel, que cette personne soit libre, sinon vous pourriez subir le contrecoup de votre sort.

POUR TROUVER LE PARTENAIRE IDÉAL

Accessoires

- quelques graines de pensées (la fleur)
- un petit pot de terre cuite
- un peu de terre
- un bout de papier, sur lequel vous aurez écrit votre nom
- quelques petits morceaux de vos ongles

Mode d'emploi

Les résultats sont accrus si vous commencez ce rituel le jour de la Saint-Valentin (le 14 février), le jour du Beltane (le 1er mai), au solstice d'été (le 21 juin) ou encore le jour du Lammas (1er août).

Idéalement un des jours mentionnés (mais tout autre jour convient aussi), placez le papier sur lequel votre nom est inscrit dans la terre, puis plantez les graines de fleurs. Arrosez bien, mais doucement, la terre, puis placez les rognures de vos ongles sur le dessus de celle-ci. Vous devrez alors attendre que les premières fleurs apparaissent – cela peut demander quelques semaines. Toutefois, lorsqu'elles apparaissent, coupez-en une un soir de Pleine Lune, faites-la sécher, réduisez-la en poudre, puis portez-la sur vous dans un petit sachet de soie rouge.

Chapitre 7

D'AUTRES RECETTES ET RITUELS

POUR VOUS ATTIRER LA SYMPATHIE DE VOTRE ENTOURAGE

Accessoires

- un petit sac de soie verte
- quatre plumes d'oiseau
- sept poils de chat

Mode d'emploi

Réduisez les plumes et les poils en poudre, puis placez celle-ci dans le petit sac que vous vous serez fait avec de la soie verte. Portez au contact de votre peau, dans la région gauche de la poitrine, un vendredi de printemps ou le jour du solstice d'hiver.

POUR ATTIRER LA PROSPÉRITÉ

Accessoires

- 5 pièces de 1 cent, 5 pièces de 10 cents, 5 pièces de 25 cents
- 5 graines de maïs, 5 graines de sésame, 25 mL (5 c. à thé) de de farine de blé entier
- un petit pot de verre

Mode d'emploi

Placez tous ces ingrédients dans le petit pot de verre et vissez le couvercle fermement. Secouez-le pendant cinq minutes en récitant la formule suivante:

«Herbes et argent, cuivre et graines, que tourne le vent, que richesse s'amène.»

Conservez le pot à la maison, sur une table ou un bureau. Lorsque vous êtes chez vous, posez votre sac à main, votre portefeuille ou votre carnet de banque tout près du pot et laissez la prospérité envahir votre vie!

POUR TROUVER LA PROTECTION ET CHASSER LES ONDES NÉGATIVES

Accessoires

- 45 mL (3 c. à soupe) de romarin
- 3 feuilles de laurier
- 15 mL (1 c. à soupe) de basilic
- 3 clous de girofle
- 3 bâtons ou 45 mL (3 c. à soupe) de cannelle

Mode d'emploi

Après avoir mélangé les ingrédients avec vos mains, ajoutez-y suffisamment d'eau pour que la mixture mijote au moins une quinzaine de minutes à feu très doux.

Mijotée une fois par semaine, de préférence dans un récipient en verre ou en terre cuite, cette potion apportera à votre foyer une énergie protectrice, tout en exorcisant les ondes négatives émanant de l'extérieur (famille, visiteurs, etc.).

POUR VOIR LES CHOSES QUE NUL NE PEUT VOIR

Accessoires

- quelques gouttes de salive d'un chat mâle
- quelques gouttes de graisse d'une poule blanche
- un petit linge de soie

Mode d'emploi

Prenez la salive du chat et la graisse de la poule, mélangez le tout, puis enduisez-en un petit linge de soie que vous vous poserez sur les yeux pendant une nuit de Pleine Lune. Vous verrez des choses que personne d'autre ne peut voir.

POUR SAVOIR OÙ UN TRÉSOR EST ENFOUI

Accessoire

- une planchette de cyprès (environ 7,5 cm sur 5 cm)

Mode d'emploi

Sur la planchette en bois de cyprès, gravez les mots suivants:

« + Alphis + Alphaus + »

Placez la planchette sur votre tête avant de vous coucher: vous aurez, en rêve, la vision du lieu où le trésor est enfoui.

POUR ENVAHIR LES PENSÉES DE QUELQU'UN (pour l'amour, l'amitié ou les affaires)

Accessoire

- un mètre de ruban (rouge si la motivation est amoureuse; jaune si la motivation est d'ordre social; vert si la motivation est d'ordre financier ou professionnel).

Mode d'emploi

Au cours de la journée, aussitôt que vous avez dix minutes de libre, isolez-vous de l'activité et enroulez la longueur de ruban autour de l'index de votre main droite. Placez ensuite votre index contre votre *troisième œil* (il est situé au milieu du front, entre les sourcils) et concentrez-vous sur la personne dont vous voulez qu'elle pense à vous. Visualisez-la et commandez-lui mentalement de penser à vous. Faites cet exercice pendant cinq minutes (c'est plus difficile que vous ne le croyez, vous verrez). Rangez ensuite votre ruban.

Répétez plusieurs fois par jour, pendant au moins une semaine.

POUR ATTIRER LES AMITIÉS

Accessoires

- une chandelle blanche
- un parchemin végétal
- de l'encre rouge
- une poignée de sable fin
- une plume d'oie

Mode d'emploi

À la lueur de la chandelle, écrivez, à l'encre rouge, sur le parchemin, l'incantation suivante:

> «*Je demande aux forces de la Lune*
> *de faire en sorte que* (nommez la personne)
> *devienne mon ami sincère et loyal.*»

Laissez la chandelle se consumer entièrement, puis rangez votre parchemin dans un endroit sûr.

POUR NOUER UNE AMITIÉ À VIE

Accessoires

- une aiguille stérilisée
- un cône d'encens de patchouli
- une pomme

Mode d'emploi

Avec l'aiguille, piquez délicatement le doigt de l'autre personne, puis laissez tomber deux ou trois gouttes de sang sur le cône d'encens. Dites alors:

> «*Le sang de* (nommez la personne),
> *L'amitié de* (nommez la personne).»

Versez à votre tour deux ou trois gouttes de sang sur le même cône d'encens, puis dites:

«Le sang de (votre nom),
L'amitié de (votre nom). *»*

Allumez l'encens, passez la pomme trois fois au-dessus de la fumée qui s'en dégage, puis tranchez-la en deux avec votre athamé (ou un couteau consacré). Offrez-en un morceau à l'autre personne, puis mangez l'autre.

Votre amitié durera toute la vie.

POUR METTRE FIN AUX DISPUTES

Accessoires

- les photos des personnes en dispute
- un pot de miel
- un ruban blanc

Mode d'emploi

Cela peut agir dans des situations vous concernant de près ou de loin, que vous soyez directement mêlé ou non à la dispute.

Placez les photos des deux personnes dans le pot de miel, refermez-le bien et nouez-le d'un ruban blanc. Dites:

«Que (nommez le nom de la première personne)
et (nommez la seconde personne)
oublient les frictions.
Qu'ils se retrouvent
et redécouvrent la paix.
Qu'il en soit ainsi.»

POUR EN FINIR AVEC LES CHOSES DU PASSÉ

Accessoires

- un objet pouvant symboliser ce avec quoi vous voulez en finir (un couteau pour des discussions orageuses, une feuille blanche pour un manque de communication, une carte professionnelle pour une situation en rapport avec le travail, etc. Tout objet peut être bon à la condition que vous effectuiez vous-même la relation avec le passé)

- un pot de terre cuite
- un jeune plant de rose ou de géranium
- un peu de terre

Mode d'emploi

Un matin, aussitôt après le lever du soleil, placez l'objet en question dans le pot de terre cuite (vous pouvez aussi le faire dans un jardin, lorsque la température le permet), recouvrez-le de terre et plantez le jeune plant par-dessus. Sept jours suffiront pour que le passé cesse de vous préoccuper.

POUR APPRENDRE CE QU'ON NE VOUS A PAS DIT

Accessoires

- un miroir
- une chandelle blanche
- encens de benjoin
- quelques fleurs
- deux verres de vin

Mode d'emploi

Ce rituel doit être pratiqué le 7e jour du mois. Invitez, chez vous, la personne dont vous croyez qu'elle vous dissimule quelque chose. Faites-la asseoir en face de votre miroir et, sous un prétexte quelconque, offrez-lui de lui masser la nuque et le cou. Allumez votre chandelle et faites brûler l'encens.

En massant la personne, dites-lui de se détendre complètement. Lorsque vous sentez qu'elle est effectivement détendue, posez-lui trois questions en fixant son reflet dans le miroir. Les deux premières questions ne devront pas être trop «sérieuses», mais observez néanmoins l'expression de son visage, toujours dans le miroir, pendant qu'elle vous répond. Enfin, posez la question qui vous préoccupe; si la personne vous dit la vérité, vous le ressentirez par son seul reflet dans le miroir. Offrez-lui ensuite un verre de vin.

POUR VOUS DÉBARRASSER D'UNE PERSONNE NÉGATIVE (ou d'une personne qui vous embête)

Accessoires

- un petit morceau de papier blanc, sur lequel vous inscrirez le nom de la personne
- une enveloppe blanche
- une chandelle
- un petit contenant de plastique
- de l'eau de source

Mode d'emploi

Ce rituel doit être pratiqué lors de la phase décroissante de la Lune.

Inscrivez le nom de la personne dont vous souhaitez vous débarrasser ou de la présence ou de l'influence, sur le morceau de papier; puis glissez-le dans l'enveloppe dont vous collerez le rabat.

Déposez ensuite l'enveloppe dans le contenant de plastique, remplissez-le également d'eau de source en répétant trois fois:

«Je souhaite que (nommez la personne)
disparaisse de ma vie ou cesse de m'importuner.
Que son influence soit emprisonnée dans la glace.»

Placez le contenant au congélateur, en disant:

«Que mon souhait se réalise.»

Après trois jours, retirez le contenant du réfrigérateur, puis enterrez-le, ou encore videz-en le contenu dans la cuvette de la toilette et tirez la chasse d'eau.

POUR ACCROÎTRE VOTRE CONCENTRATION

Accessoires

- une once de verveine fraîche
- de l'huile d'eau de rose
- une crème de nuit de base, non parfumée

Mode d'emploi

Préparez un litre de tisane de verveine et buvez-en trois tasses par jour (vous pouvez sucrer avec du miel si vous le désirez). La nuit, avant d'aller dormir, frottez-vous les tempes avec la lotion faite de deux gouttes d'huile de rose mélangées à 15 mL (1 c. à soupe) de crème de nuit. Répétez pendant sept jours.

POUR ATTIRER LA CHANCE

Accessoires

- une chandelle verte
- un parchemin végétal
- une plume et de l'encre rouge
- un fil de soie verte (environ 7 cm)

Mode d'emploi

Allumez la chandelle, puis inscrivez les mots suivants sur votre parchemin :

> *« Je demande aux forces de Mercure*
> *de m'apporter la chance dont j'ai besoin*
> *(*vous pouvez préciser ce dont vous avez exactement besoin*)*
> *pour réussir dans mes entreprises. »*

Enroulez votre parchemin, puis nouez-le avec le fil de soie verte. Gardez-le sur vous pendant sept jours.

POUR AMÉLIORER VOS FINANCES

Accessoires

- de l'huile d'hysope
- un bouquet de marguerites
- un linge vert
- un mètre de ruban rouge
- une chandelle verte
- un billet de banque

Mode d'emploi

Ce rituel doit être pratiqué lorsque la Lune est en phase croissante, idéalement un jeudi (ou un samedi si cela concerne un contrat en particulier).

Commencez par faire brûler un peu d'huile d'hysope (que vous aurez versée sur un bâtonnet d'encens neutre). Coupez deux ou trois marguerites et déposez-les sur le linge vert. Nouez le ruban rouge autour de l'annulaire de votre main droite et appuyez-le contre votre cœur.

Concentrez-vous sur ce que vous souhaitez obtenir, puis mettez un peu d'huile d'hysope sur la chandelle et allumez-la avec le billet de banque en disant:

«Dans un délai d'une semaine
les choses que je désire et que j'imagine
se concrétiseront.
Toutes les difficultés s'envolent,
l'argent entrera à flots
à compter de cette heure.»

POUR RECEVOIR DES CADEAUX!

Accessoires

- une chandelle dorée
- de l'huile de benjoin
- un peu de sucre
- un collier de perles (ou d'imitation de perles)

Mode d'emploi

Le jeudi soir précédant la Pleine Lune, humectez la chandelle d'huile de benjoin et roulez-la ensuite dans le sucre. Laissez bien le sucre sécher, plus placez la chandelle dans votre bougeoir. Placez le collier autour du chandelier, puis allumez la chandelle et prononcez les mots suivants:

«Les gens m'apprécient, m'aiment,
et me le démontrent en m'offrant des présents.»

Laissez la chandelle se consumer jusqu'à ce qu'elle s'éteigne, en répétant l'incantation à intervalles réguliers.

POUR VOUS PROTÉGER CONTRE LES ESPRITS MOQUEURS

Accessoires

- une pincée de sauge
- une pincée de sel de mer
- une pincée de poudre de protection

Mode d'emploi

Mélangez les trois ingrédients, en prononçant les mots suivants:

«Je consacre cette amulette
pour qu'elle me protège des esprits négatifs,
qu'ils soient du monde du visible ou de l'invisible.»

Placez les ingrédients dans une petite pochette de tissu, noir ou blanc, et portez-la sur vous en permanence.

POUR SAVOIR SI VOUS ÊTES VICTIME D'UN ENVOÛTEMENT

Accessoires

- un contenant d'un litre
- un litre d'eau bénite
- une photo de vous (ou de la personne qui pourrait être victime d'un envoûtement)

Mode d'emploi

Remplissez votre contenant d'eau bénite, puis placez-y la photo de la personne possiblement victime d'un envoûtement. Si l'image de la personne s'estompe, ou plus encore si la photo disparaît, vous êtes effectivement face à un cas d'envoûtement.

Chapitre 8

OREILLERS DE RÊVE, BOÎTES À SOUHAITS ET BOUTEILLES MAGIQUES

Toutes les nuits, nous rêvons, ce qui est d'ailleurs essentiel pour nous garder sains d'esprit. C'est par le biais des rêves que notre subconscient communique avec notre conscient mais, pour ce faire, il utilise le langage des symboles. Notre subconscient emploie des métaphores parfois tout à fait étonnantes pour attirer notre attention.

C'est donc de cette façon que nous pouvons clarifier des problèmes complexes ou que nous pouvons faire face à des événements qui nous ont profondément traumatisés. Le subconscient reconnaît immédiatement nos limites et sait jusqu'où notre conscient peut aller. Il masque alors certaines portions de la situation jusqu'à ce que nous soyons en mesure d'intégrer complètement toutes les données. Parfois, un rêve peut s'échelonner sur des semaines, voire des mois, jusqu'au moment où nous pouvons en saisir toute sa dimension et toute sa signification.

Afin de nous aider à programmer notre subconscient selon nos besoins et nos désirs, voici quelques informations sur les oreillers pour rêver, car nous pouvons en effet créer nos propres oreillers de rêve.

PRATIQUE

La taille de l'oreiller importe peu, car nous pouvons le glisser sous notre taie d'oreiller habituelle lorsque nous souhaitons l'utiliser. L'important, c'est que notre tête repose dessus durant notre sommeil et que nous baignions dans le doux arôme des herbes ou de l'huile qu'il contient. Il ne doit pas être trop épais ou trop rempli d'herbes, car une odeur trop forte nous empêcherait de respirer normalement.

En ce qui concerne les huiles, il est préférable d'utiliser de la ouate en rouleau ou en petites boules, car c'est un excellent absorbant. La grandeur idéale pour l'enveloppe serait environ de 30 cm sur 20 cm. Utilisez du coton ou de la mousseline pour l'enveloppe intérieure, celle qui contient les herbes, et un tissu plus épais et lavable pour l'enveloppe extérieure.

Pour ce qui est des quantités, laissez-vous guider par votre nez et n'oubliez pas que quelques gouttes d'huile essentielle suffisent pour parfumer votre oreiller pendant des mois.

Pour vous rappeler vos vies antérieures

Mode d'emploi

Versez quelques gouttes d'huile de lilas sur votre oreiller.

Pour calmer vos angoisses

Mode d'emploi

Versez quelques gouttes d'huile de bergamote sur votre oreiller.

Pour retrouver des souvenirs oubliés

Mode d'emploi

Placez quelques clous de girofle dans votre oreiller.

Pour vaincre la dépression

Mode d'emploi

Placez de la marjolaine dans votre oreiller.

Pour soulager les maux de tête

Mode d'emploi

Placez du romarin dans votre oreiller.

Pour obtenir un sommeil profond et réparateur

Recette

- 75 mL (5 c. à soupe) de lavande
- 25 mL (5 c. à thé) de valériane
- 75 mL (5 c. à soupe) de camomille

Pour susciter des rêves prémonitoires

Recette

- 75 mL (5 c. à soupe) d'angélique
- 75 mL (5 c. à soupe) d'artemezia
- 5 gouttes d'huile de jasmin

Pour chasser les cauchemars

Recette

- 75 mL (5 c. à soupe) de cèdre (ou 5 petites branches)
- 75 mL (5 c. à soupe) de millepertuis
- 5 gouttes d'huile de jacinthe

LE SECRET DES BOÎTES À SOUHAITS

Depuis des temps immémoriaux, les magiciens, les enchanteurs et les sorcières se sont entourés d'objets auxquels ils incorporaient leur énergie personnelle, avant de demander l'aide des éléments et des dieux pour augmenter le potentiel magique de leur objet. La boîte à souhaits faisait partie de leurs instruments magiques.

Le nécessaire

Procurez-vous une petite boîte de bois ordinaire, peu coûteuse, dont le couvercle ferme bien. Vous pouvez la décorer de mille et une façons, en collant des coquillages sur le couvercle, en y faisant un collage, ou encore en dessinant des symboles magiques. C'est votre boîte, c'est donc à vous de décider.

Une fois consacrée, votre boîte sera énergisée pour une période de trois mois ou pour la réalisation de trois souhaits ou désirs. Lorsque l'une ou l'autre de ces échéances sera atteinte, vous devrez recommencer le rituel pour recharger les énergies magiques et vous servir encore de cette boîte.

RITUEL DE CONSÉCRATION

Placez votre boîte, couvercle ouvert, sur un napperon ou une serviette blanche. Disposez ensuite, tout à côté, une coupe d'eau, un bol de sel, une chandelle blanche et un bâton d'encens.

Concentrez-vous quelques instants et visualisez l'énergie entrer dans votre boîte.

Prenez une grande inspiration et dites, en allumant l'encens:

«J'invoque l'Est et le pouvoir de l'air pour consacrer cette boîte qui devient maintenant un outil magique pour m'assister dans mes transformations et la réalisation de mes souhaits.»

Regardez quelques instants la fumée de l'encens entrer dans votre boîte. Concentrez-vous à nouveau, allumez la chandelle et dites:

«J'invoque le Sud et le pouvoir du feu pour consacrer cette boîte qui devient maintenant un outil magique pour m'assister dans mes transformations et la réalisation de mes souhaits.»

Puis, prenez l'eau et aspergez le fond de votre boîte avec quelques gouttes en disant:

«J'invoque l'Ouest et le pouvoir de l'eau pour consacrer cette boîte qui devient maintenant un outil magique pour m'assister dans mes transformations et la réalisation de mes souhaits.»

Terminez avec le sel, dont vous placez quelques grains dans la boîte en disant:

«J'invoque le Nord, le pouvoir de la Terre, pour consacrer cette boîte qui devient maintenant un outil magique pour m'assister dans mes transformations et la réalisation de mes souhaits.»

Et voilà! Votre boîte «ordinaire» est devenue une véritable boîte à souhaits!

POUR QUE LES SOUHAITS SE RÉALISENT

Vous êtes maintenant en possession d'une boîte à souhaits dont vous pourrez vous servir encore et encore. Le procédé pour voir vos souhaits ou vos désirs se réaliser est très simple.

Voici deux exemples pour vous aider à comprendre le principe.

Régler un problème de couple

Allumez une chandelle rose, inscrivez sur un bout de papier votre vœu, placez-le dans votre boîte avec une photo du couple et quelques pétales de rose rouge. Répétez trois fois votre vœu dans votre tête et refermez le couvercle.

Pour obtenir un emploi

À la lueur d'une chandelle bleue, inscrivez votre souhait sur un bout de papier. Placez votre vœu dans la boîte avec une carte professionnelle de votre entreprise et quelques petits morceaux de cire d'abeille. Répétez trois fois votre vœu dans votre tête et refermez le couvercle.

Simple comme... magie!

Comme vous pouvez le constater, c'est simple. Vous écrivez votre souhait ou votre désir sur un bout de papier, sans le montrer à personne. Puis, vous le déposez dans votre boîte à souhaits avec une reproduction symbolique de ce que vous voulez et un symbole que vous associez avec votre vœu, tout en répétant celui-ci trois fois dans votre tête. Quant à la couleur des chandelles à faire brûler, reportez-vous à la page 41.

Vos champs d'activité sont illimités, mais n'oubliez pas que la magie ne doit pas servir à manipuler les autres ou à les contrôler, au risque d'accumuler un mauvais karma ou de souffrir des rétributions inutiles.

LES ENCHANTEMENTS DES BOUTEILLES MAGIQUES

Depuis les temps les plus reculés, on se sert de récipients en terre cuite pour les sortilèges, car ils conservent l'énergie du sortilège pour une longue période – des enchantements de longue durée si l'on peut dire. Par exemple, les Égyptiens plaçaient dans les tombes des amphores contenant les effets personnels et de la nourriture pour l'âme de la personne décédée. Au fil du temps, les amphores ont été remplacées par des bouteilles de verre, mais le rituel a gardé la même force.

Pour chasser la malchance

Un des plus vieux sortilèges est celui de la «bouteille de sorcière». Le procédé est simple: on met, dans une bouteille, des clous, des épingles et des morceaux de vaisselle brisée. Par la suite, on cache ou on enterre la bouteille dans le jardin. Cela permet, assure-t-on, de bannir la malchance d'une maison.

Pour s'assurer la protection

Accessoires

- 45 mL (3 c. à soupe) de sel
- 3 gousses d'ail
- 3 feuilles de laurier
- 3 pincées de basilic
- 3 pincées de fenouil séché
- 3 pincées de sauge
- 3 pincées d'anis
- 3 pincées de poivre noir ou blanc

Mode d'emploi

À chaque ingrédient que vous placez dans votre bouteille, prononcez les paroles suivantes:

«Sel qui protège,
garde ma maison
et tout ce qui s'y trouve.»

Une fois que c'est terminé, brassez vigoureusement le contenu de votre bouteille et dites:

«Par le pouvoir de ces substances, je conjure les énergies protectrices de tout ce qui est bon afin de garder ma maison en sécurité. Ainsi soit fait.»

Cachez soigneusement cette bouteille afin qu'elle ne soit pas dérangée.

Pour attirer la prospérité et l'argent

Accessoires

- une bouteille ou un pot vert
- 5 pièces de 1 cent
- 5 pièces de 10 cents
- 5 grains de maïs séché
- 25 mL (5 c. à thé) de farine
- 5 graines de sésame
- 5 pincées (ou 5 bâtons) de cannelle
- 5 clous de girofle
- 5 grains de poivre de la Jamaïque (*Allspice*)
- 5 noix de pacane

Mode d'emploi

Placez les ingrédients les uns après les autres dans votre bouteille, tout en vous concentrant sur la prospérité et les gains que vous voulez connaître. Ne laissez surtout pas les pensées négatives vous envahir lorsque vous accomplissez ces gestes.

Une fois que c'est accompli, brassez vigoureusement vos ingrédients en disant:

«Herbes et argent
Cuivre et grains
Travaillez ensemble
Pour accroître mes gains.»

Répétez cette incantation cinq fois tout en secouant votre récipient. Placez cette bouteille dans un endroit accessible où vous pourrez la voir tous les jours.

Pour embouteiller vos «troubles»

Accessoire

- une bouteille

Mode d'emploi

Idéalement, prenez une petite bouteille (si vous vous servez d'une grosse, le temps d'exécution sera d'autant plus long). Procurez-vous des bouts de fil (pas plus de 5 cm de long) de toutes les couleurs, sauf le noir.

Placez un par un les bouts de fil dans la bouteille en disant:

«Débrouillez mes problèmes, défaites les nœuds de mes troubles.»

Répétez cette phrase à chaque nouveau bout de fil. Ne vous pressez pas, concentrez-vous sur ce que vous voulez; c'est un projet qui peut prendre plusieurs jours.

Une fois que la bouteille est remplie, fermez-la avec un bouchon et de la cire, puis enterrez-la.

Bouteille de protection

Accessoires

- une petite bouteille
- des épingles
- des aiguilles
- du romarin

Mode d'emploi

Prenez une bouteille et remplissez-la d'épingles, d'aiguilles et de romarin. Pendant que vous emplissez votre bouteille, répétez ces mots :

« Que ces aiguilles, ces épingles et ces herbes
Me gardent et me protègent contre le mauvais sort,
Que ces aiguilles, ces épingles et ces herbes
gardent et protègent ma maison et mes biens. »

Refermez la bouteille et cachetez le bouchon avec de la cire d'une chandelle rouge.

Par la suite, si vous avez un jardin ou une petite parcelle de terrain, enfouissez la bouteille dans la terre ; si vous vivez en appartement, cachez soigneusement votre bouteille. Elle protégera votre maison des énergies négatives.

* * *

Ce n'est là que quelques exemples de bouteilles enchantées, mais il y en a beaucoup d'autres. Vous pouvez même inventer et fabriquer les vôtres, ce qui fait des petits cadeaux extraordinaires ! Vous n'avez besoin que d'une bouteille de verre avec un bouchon qui visse ou un bouchon de liège que vous scellerez avec de la cire. Pour certains enchantements, il est recommandé d'utiliser un pot dont l'ouverture est plus grande pour faciliter le travail. Nettoyez bien votre récipient et assurez-vous qu'il soit sec avant de commencer.

POUR VOUS ASSURER LA PROSPÉRITÉ ET L'ARGENT

Bien que l'utilisation commune des pièces de monnaie soit plutôt récente dans l'histoire de l'humanité, il n'en reste pas moins que nos lointains ancêtres avaient eux-mêmes des objets dont ils se servaient pour l'achat ou le troc de marchandises. C'est d'ailleurs de cette époque ancestrale que nous viennent certaines traditions, que certains qualifieront de superstitions, et qui se sont transformées au fil des siècles.

Au fil du temps, s'est donc développé tout un amalgame de traditions et de superstitions nous permettant d'accroître nos gains, d'attirer l'argent.

En voici quelques-unes qui, encore de nos jours, sont bien vivantes.

- Avant de partir en voyage ou en vacances, laissez toujours quelques pièces de monnaie chez vous. Il serait de mauvais augure de vider la maison de tout votre argent.
- Si vous échappez de la monnaie sur le sol, dans la maison, dites:

  «De l'argent sur le plancher, de l'argent qui entrera bientôt par la porte.»
- Trouver de l'argent dans la rue ou sur le trottoir est effectivement un porte-bonheur. Cependant, ce que l'on ignore la plupart du temps, c'est qu'il est déconseillé de conserver cet argent et qu'il convient plutôt de le dépenser le plus rapidement possible pour en recevoir encore! Il faut également éviter de parler de sa provenance.
- Une pièce talisman. Quand on parle de monnaie, c'est une pièce dans laquelle on aura percé un trou au centre; quant au billet, il doit être replié trois fois sur lui-même. Pour attirer la prospérité, il est recommandé de toujours avoir l'un ou l'autre sur soi.
- Trouver une pièce de monnaie frappée de son année de naissance est un important porte-bonheur que, dans cette circonstance particulière, vous pouvez conserver. Celle-ci ne doit pas être dépensée; elle devient alors un talisman.
- Pour vous assurer que vous aurez toujours de l'argent, nouez une corde (une ficelle ordinaire convient parfaitement) de façon à ce qu'elle forme en quelque sorte un cercle; conservez-la sur vous en permanence, préférablement dans votre sac à main ou dans votre porte-monnaie.
- Lorsque le soir tombe, tenez une pièce de monnaie en argent au creux de votre main; regardez par-dessus votre épaule et, à l'apparition de la première étoile, faites un vœu. Il se réalisera dans les quarante-huit heures.

- Rêver d'argent pendant trois nuits consécutives signifie que vous recevrez, dans un court laps de temps (trois à sept semaines), de l'argent d'une façon inattendue.
- Pour attirer l'argent vers vous, frottez une chandelle verte avec un clou de girofle. Placez ensuite cette chandelle sur un chandelier (ou dans un bougeoir) que vous poserez sur un billet de banque. Le jeudi suivant, précisément trois heures après le coucher du soleil, allumez votre chandelle et laissez-la brûler jusqu'à ce qu'elle se consume complètement. Le jour suivant, enterrez le bout de chandelle restant – en fait, la cire qui reste –, frottez votre billet de banque avec un clou de girofle et cachez-le quelque part dans votre maison ou dans votre appartement.
- La veille du jour de l'An, placez une dizaine de pièces de monnaie à l'extérieur de la maison. Le lendemain matin, reprenez-les et conservez-les tout au long de l'année. Cela vous assurera que vos rentrées d'argent seront plus importantes que vos dépenses.
- Le jour de l'An, frottez votre corps avec une pièce de monnaie en argent. Cela vous garantira la prospérité pour l'année qui s'annonce.

Chapitre 9

LE RITUEL DES INVOCATIONS ET DES INCANTATIONS

Une invocation ou une incantation est simplement une formule que l'on répète pour attirer l'attention d'une entité spirituelle. Il s'agit donc, en quelque sorte, d'une prière que l'on adresse à une divinité, à un ange, à un esprit, etc., pour lui demander de nous apporter une aide spécifique ou de nous insuffler l'énergie dont nous avons besoin.

Avant de prononcer une incantation ou une invocation, il existe toutefois certaines règles très précises. En dévier annulerait ses bienfaits.

Il ne faut pas oublier que les sons, par conséquent les mots, ont des vibrations différentes les uns des autres; en ce sens, une invocation est un amalgame de vibrations qui agissent sur le plan éthérique pour rejoindre une entité spirituelle précise. Ainsi, une invocation forme un tout qui apporte un message à son «receveur». Les erreurs peuvent donc le rendre inintelligible.

QUELQUES CONSEILS

- Si vous utilisez une invocation traditionnelle, prenez la peine de l'apprendre par cœur et tâchez de ne pas vous tromper en la répétant. Les mots qui la forment ont été choisis pour une bonne raison ; vous en écarter atténuerait immanquablement la force de l'invocation et en annulerait même tout bénéfice potentiel.

- Si vous prononcez votre incantation tout haut, faites-le d'une voix claire et intelligible. Vous vous adressez à une entité supérieure, vous ne pouvez vous attendre à ce qu'elle tende l'oreille pour comprendre ce que vous dites.
- Si vous rédigez vos propres incantations, faites-le avec soin et respect ; dans le même ordre d'idée, si vous créez vos invocations, ne les changez pas à la dernière minute. Cela pourrait avoir comme conséquence de vous faire bafouiller, ce qui annulerait les bienfaits de votre rituel. Assurez-vous donc de pouvoir les réciter par cœur.
- Avant d'invoquer quelque présence que ce soit ou de pratiquer un rituel, **n'oubliez pas de former votre cercle consacré et de le conserver intact pendant tout le rituel.** Qu'il soit entendu avec les autres participants, s'il y en a d'autres que vous, que personne ne brisera ce cercle durant le rituel. Prenez donc soin d'avoir avec vous, dans ce cercle, tout ce dont vous aurez besoin pour procéder à celui-ci. Vous pourrez garder ainsi les énergies bénéfiques à l'intérieur de votre périmètre.

FORMATION DU CERCLE MAGIQUE ET INVOCATION AUX POINTS CARDINAUX

Accessoires

- 120 mL (1/2 t.) de farine
- un bâton d'encens (idéalement de l'encens d'église)
- une chandelle blanche
- un peu de sel
- un peu d'eau dans un verre

Tout rituel commence donc avec la création du cercle consacré et l'invocation aux quatre points cardinaux et des éléments qui s'y rattachent.

Commencez par délimiter votre périmètre avec de la farine de blé que vous verserez délicatement à l'aide d'un petit entonnoir. N'oubliez pas de tracer un cercle assez grand pour que tous les participants puissent bouger aisément sans le briser. Comme vous devez passer un certain temps dans ce cercle, pensez à avoir, à portée de main, de l'eau, des jus de fruits, de la tisane ou encore du vin, des boissons en «accord» avec la pratique des rituels.

Pour l'invocation aux points cardinaux, la tradition exige qu'on commence par l'est pour terminer avec le nord. Si vous êtes plusieurs à participer au rituel, vous pouvez demander à quatre personnes de se tenir à chacun des points cardinaux et de prononcer l'une des invocations qui suivent. Si vous êtes seul, ou si vous préférez le faire vous-même, vous devrez changer de place à chaque invocation.

Saluez donc vers l'est et prononcez ces paroles tout en allumant un bâtonnet d'encens:

«J'invoque la présence du Gardien de la Tour de l'Est, celui qui garde les cieux et gouverne l'air.

«Nous t'invitons à te joindre à notre célébration et à nous prodiguer tes influences bénéfiques.

«Ainsi soit fait.»

Tournez-vous ensuite vers le sud, saluez-le, puis prononcez les paroles suivantes tout en allumant une chandelle:

«J'invoque la présence du Gardien de la Tour du Sud, celui qui garde le feu sacré et gouverne cet élémen. t

«Nous t'invitons à te joindre à notre célébration et à nous prodiguer tes influences bénéfiques.

«Ainsi soit fait.»

Puis, tournez-vous vers l'ouest, saluez-le et prononcez ces paroles tout en aspergeant cette direction de quelques gouttelettes d'eau:

«J'invoque la présence du Gardien de la Tour de l'Ouest, celui qui garde les eaux sacrées et gouverne cet élément.

«Nous t'invitons à te joindre à notre célébration et à nous prodiguer tes influences bénéfiques.

«Ainsi soit fait.»

Terminez en saluant le nord et, tout en saupoudrant cette direction avec un peu de sel, prononcez ces paroles:

«J'invoque la présence du Gardien de la Tour du Nord, celui qui garde la Terre et gouverne cet élément.

«Nous t'invitons à te joindre à notre célébration et à nous prodiguer tes influences bénéfiques.

«Ainsi soit fait.»

Vous pouvez aussi invoquer la présence des archanges. Pour ce faire, ajoutez le nom des quatre archanges – Gabriel pour l'est, Raphaël pour l'ouest, Uriel pour le sud et Mikhaël pour le nord. Ou encore, choisissez quatre anges dont l'influence correspond à ce que vous voulez demander. Voyez, un peu plus loin (Annexe 1, page 123), la liste des 72 anges planétaires et leurs pouvoirs. Si vous faites un tel choix, lors de l'invocation des points cardinaux, l'invocation donnera, par exemple, dans le cas de l'archange Gabriel:

«J'invoque la présence du Gardien de la Tour de l'Est, celui qui garde les cieux et gouverne l'air.

«J'invoque aussi la présence de l'archange Gabriel, dont les pouvoirs et les forces sont immenses.

«Nous vous invitons à vous joindre à notre célébration et à nous prodiguer vos influences bénéfiques.

«Ainsi soit fait.»

Maintenant que le cercle est formé et que les éléments sont présents, procédez à l'incantation ou au rituel de votre choix.

FERMER LE CERCLE MAGIQUE ET TERMINER LES INCANTATIONS

Après que vous aurez procédé à votre rituel, remerciez les éléments (et les archanges, si vous les avez invoqués en ouverture) de leur présence. Commencez par l'est et finissez par le nord.

«Nous vous remercions, Gardien de la Tour de l'Est, «élémentaux» et archange (nommez le nom de l'archange correspondant au point cardinal) *de votre présence et de votre protection pour ce rituel. Nous espérons que vous reviendrez vous joindre à nous dans un avenir prochain. Au revoir et merci.»*

Faites de même pour les quatre points cardinaux.

Pour annuler les énergies du cercle consacré, faites le tour de votre cercle en suivant le sens contraire des aiguilles d'une montre, puis prononcez ces mots:

«Les énergies se dissipent lentement, elles retournent à la terre et à l'éther d'où elles proviennent. Tout est maintenant comme avant. Ainsi soit fait.»

INCANTATIONS ET INVOCATIONS

Rituel du troisième oeil

Pour accroître votre clairvoyance

C'est un rituel pratiqué seul ou en groupe restreint ne comprenant pas plus de trois personnes.

Une fois que le cercle est formé et que les éléments sont en place, prenez quelques minutes pour vous détendre, boire une tisane ou un verre de vin. Quant à la nourriture, vous devrez attendre après le rituel.

Lorsque vous êtes prêt, récitez cette invocation, en tenant à la main un cristal ou une petite pyramide:

«Je t'invoque, ô Asariel, archange de Neptune qui gouverne les pouvoirs de clairvoyance. Je te demande humblement d'ouvrir mon troisième œil et de me permettre de voir la lumière secrète. Laisse-moi voir le

futur. Laisse-moi voir le passé. Donne-moi accès aux royaumes mystérieux de l'inconnu. Laisse-moi percevoir et comprendre la sagesse de l'Univers cosmique. Ainsi soit fait.»

Répétez cette invocation trois fois, clairement et à haute voix.

Elle peut être redite par tous les participants qui désirent accroître leurs dons de clairvoyance. Chacun doit le faire personnellement.

Invocation à Aphrodite

Pour appeler l'amour dans votre vie

Pour attirer l'amour dans votre vie, qui de mieux que la déesse de l'amour pour vous aider? Assurez-vous toutefois de la pureté de vos intentions, car on ne doit jamais créer son bonheur sur le malheur des autres. Évitez aussi de nommer quelqu'un en particulier, car la magie ne doit pas servir à lier ou à contrôler les autres.

En vue de cette invocation, décrivez le type de personne que vous désirez dans votre vie. Découpez une feuille de papier en forme de cœur et notez-y votre description à l'encre rouge.

Décorez votre autel de fleurs, de coquillages, de cœurs, etc., et faites brûler de l'encens de rose, de patchouli ou de jasmin. Placez une chandelle rose au centre de votre autel, sans toutefois l'allumer, et dites:

«Aphrodite, Aphrodite, déesse de l'amour et de la passion. Entends mon appel, abaisse ton regard sur moi et accorde-moi la grâce de connaître un amour sans égal qui soit partagé par (un homme, une femme selon le cas) *loyal et de bonne foi.»*

Piquez votre pouce gauche avec une petite aiguille stérilisée (vous pouvez le faire simplement en la chauffant à la flamme d'une allumette pendant quelques secondes, avant de l'essuyer avec un mouchoir en papier) et faites tomber trois gouttes de sang sur la feuille. Placez votre chandelle rose au centre de la feuille, allumez-la et dites:

«C'est avec mon sang et du feu que la magie commence. Le désir amènera vers moi celui (ou celle) qui m'est destiné.»

Concentrez toutes vos pensées et vos énergies psychiques vers la personne attendue et poursuivez en disant:

«Bats pour moi maintenant ô cœur mortel
Ressens le vide de la séparation
Rêve à moi sous les rayons de la Lune
Viens vers moi, guidé par les rayons du Soleil
Et l'énergie universelle de l'amour cosmique.
Ainsi soit fait.»

Continuez à diriger vos pensées vers cet amour qui vient vers vous, le temps que votre chandelle rose se consume (ou si vous avez utilisé une chandelle de longue durée, éteignez-la après environ 30 minutes).

Invocation aux anges

Pour obtenir le soutien dans les moments difficiles

Dans les moments difficiles, il peut être très bénéfique d'adresser une invocation à son ange gardien ou à n'importe lequel des 72 anges planétaires selon l'influence et les pouvoirs qu'ils possèdent.

Placez-vous au centre de votre cercle, allumez une chandelle grise ou argent et prononcez l'incantation suivante:

«Toi, Ange, en qui j'ai entière confiance, je te prie de me tenir la main et de m'accompagner sur le chemin qui est le mien. Je sais qu'il m'arrive parfois de ne faire qu'à ma tête, de n'agir que comme bon me semble, faisant fi de ce que tu me souffles et de la direction que tu m'indiques.

«Toi, Ange, je te prie de me tenir la main, car je compte sur toi, toujours, et en tout.

«Je veux que tu sois mon compagnon de voyage et qu'à mesure que mon chemin se déroule, je te reconnaisse de mieux en mieux pour que je puisse avancer plus sereinement.»

Répétez cette prière trois fois, remerciez l'ange de l'aide qu'il vous apportera, puis soufflez votre chandelle et conservez-la jusqu'à ce que les difficultés que vous traversez s'estompent.

CRÉEZ VOS PROPRES INCANTATIONS

Comme nous l'avons souligné précédemment, les possibilités sont illimitées. De nombreux rituels expliqués dans les pages de ce livre peuvent d'ailleurs être pratiqués dans le cercle consacré. Quant aux invocations ou aux incantations, elles sont tout simplement un appel à une force supérieure pour demander de l'aide, pour remercier d'une faveur ou souligner un événement important. Si vous créez vos propres incantations, rappelez-vous que:

- les invocations doivent être le plus simple possible;
- avant toute invocation ou incantation, vous devez vous détendre et vous vider l'esprit;
- déterminez d'avance à quelle déité (dieu, ange ou esprit) vous voulez adresser votre incantation;
- peu importe votre invocation, n'oubliez pas que ce sont l'énergie et la concentration que vous y mettrez qui, essentiellement, comptent. Gardez vos formules simples afin de ne pas les oublier ou vous tromper, car cela invaliderait votre rituel.

Allez-y lentement, de façon créative, et, surtout, apprenez à en tirer profit.

Troisième partie

LES GRANDES FÊTES DE LA MAGIE

Chapitre 10

CÉLÉBRER LES JOURS MAGIQUES

Les religions préchrétiennes se sont servies des saisons et des événements naturels pour déterminer certains moments essentiels de leur vie. Ceux-ci sont ainsi devenus des fêtes et même, dans certains cas, des festivals.

Contrairement à l'image véhiculée et propagée tant dans l'imaginaire de qui n'est pas au fait de la réalité «magique» que dans l'imaginaire hollywoodien, les fêtes, les sabbats ou les festivals païens ne servent pas et n'ont jamais servi de couverture pour des messes noires, des orgies ou d'autres pratiques maléfiques ou malsaines. Les célébrants ne se réunissent pas non plus pour jeter d'affreux sorts aux autres, torturer des animaux ou faire des sacrifices humains. Tout cela relève plutôt de la pratique de la magie noire, laquelle est tout à fait opposée à la magie blanche.

Les fêtes païennes, célébrées par la magie blanche, soulignent en fait le changement des saisons et constituent autant d'occasions de remercier la terre et les autres éléments naturels pour leur bonté.

Ces fêtes sont au nombre de huit; elles débutent avec la célébration de l'Halloween, le 31 octobre, jour qui marque, en magie, la fin d'une année et le début d'une nouvelle.

Voici donc l'histoire et le rituel de chacune de ces fêtes, les déités à célébrer ou à invoquer, la façon de décorer votre autel, les symboles et les correspondances avec les autres éléments et, enfin, les aliments de circonstance ainsi que les plats à préparer et à offrir.

L'HALLOWEEN
Fête du Samhain
Le 31 octobre

L'Halloween est la plus connue des grandes fêtes païennes, mais elle demeure aussi, paradoxalement, la plus méconnue. Toutefois, que cela soit clair, cette fête n'a rien à voir avec la magie noire ou de sombres cérémonies. Au contraire, c'est la fête sacrée la plus importante pour les *Wiccans*, car elle marque la fin d'une année et le début d'une autre. Les Anciens affirmaient que c'est au cours de cette nuit-là que le voile entre notre monde et celui des esprits – des personnes décédées – est le plus fin et que, par conséquent, les âmes des êtres qui sont décédés peuvent revenir sur la terre pendant quelques heures. Ainsi, du coucher au lever du soleil, la communication avec les esprits est facilitée.

Quant à la tradition des citrouilles sculptées dans lesquelles on place une chandelle, celle-ci provient d'Écosse, où l'on croyait que les figures hideuses des lanternes feraient peur aux esprits malveillants qui tourmentent les gens en cette nuit parce qu'ils n'ont pas trouvé le repos éternel. Mais cette tradition est aussi plus ancienne, sous une autre forme, puisque, dans l'Antiquité, en Grèce, en Égypte et à Rome, on plaçait une lampe à la fenêtre des maisons pour éclairer le chemin et indiquer ainsi aux âmes des chers disparus qu'elles étaient les bienvenues.

Rituel

La première partie du rituel moderne se déroule avant minuit. On profite de l'occasion pour dire adieu à l'année qui s'achève. On se rappelle ceux qui sont disparus au cours des années précédentes, en mettant l'accent sur les décès de l'année courante. Durant ce rite, on allume seulement une chandelle et, si l'on en a l'occasion, on laisse tranquillement le feu s'éteindre dans le foyer, sinon on laisse brûler quelques feuilles dans son chaudron magique.

Lorsque minuit sonne, on allume alors une multitude de chandelles et on rallume le foyer – où l'on fait brûler à nouveau quelques nouvelles feuilles. C'est aussi le temps de brûler de petits bouts de papier sur lesquels on aura noté les mauvaises habitudes dont on veut se débarrasser. Puis, l'heure est à la fête, aux réjouissances et on accueille la nouvelle année avec des chansons, des rires et des jeux.

Il va sans dire que le moment entre le coucher du soleil et les douze coups de minuit est idéal pour la divination. Tous les «outils» – pendule, tarot, cartes, dés et planchette de Ouija –, bénéficient de pouvoirs accrus. Une invocation aux archanges Mikhaël, Raphaël, Uriel et Gabriel vous permettra de communiquer avec les âmes disparues en toute sécurité. Si vous ne pouvez entrer en communication avec la personne décédée de votre choix, c'est que certaines âmes préfèrent aller de l'avant et ne ressentent pas le besoin de revenir communiquer avec nous.

Enfin, si vous craignez de pratiquer ces rituels, sachez qu'on peut se prémunir contre les esprits malveillants si on prend soin de tracer notre cercle de protection qui exclura les entités malicieuses et les empêchera de chercher à entrer en contact avec nous.

Les déités à célébrer ou à invoquer

Hécate:	déesse de la Lune, protectrice des sorcières et des magiciens.
Morrigan:	déesse celte de la mort.
Cernunnos:	dieu celte de la fertilité.
Osiris:	dieu égyptien, dont le cycle de mort et la résurrection s'apparentent à celui de Perséphone.

Comment décorer votre autel

Une citrouille évidée et décorée avec une chandelle; des pommes; des chandelles en forme de fantômes, de sorcières, de chats noirs; des photographies d'amis et de parents décédés; des accessoires de divination, une boule de cristal, un tarot, un pendule, etc., décoreront votre autel. Les fleurs devraient être des chrysanthèmes, des feuilles rougies par l'automne, des noix et des grenades.

Symboles et correspondances

Encens:	pomme, cyprès, sauge, menthe.
Arbre:	cyprès.
Fleurs:	souci, chrysanthème.
Couleurs:	orange, noir.
Chandelles:	orange, noires.
Pierres:	obsidienne, onyx, jais, agate cornalin.
Planète:	Pluton.
Carte du tarot:	Mort, arcane majeur 13.
Influence:	métamorphose, méditation, communication avec les esprits des morts.

Aliments traditionnels

Comme cette fête marque la fin et le début de l'année, comme c'est la nuit où les âmes des morts marchent sur la terre, on place traditionnellement une assiette bien garnie à leur intention sur notre table.

La grenade est le fruit sacré de cette fête; Hadès l'offrit à Perséphone pour la convaincre de rester avec lui. La citrouille tient également une place importante, c'est elle qu'on décore en lanterne. Toutes les racines – par exemple, les pommes de terre, les betteraves, les carottes, les panais – sont de rigueur, car elles symbolisent notre lien avec le monde des morts. Les grains, le blé, l'avoine, etc., font aussi partie de la fête ainsi que les noix.

Les plats à servir

Ragoût de viande et de légumes; tarte à la citrouille; pain aux noix; muffins aux canneberges; bières, punch au vin épicé, cidre épicé, tisanes.

LE SOLSTICE D'HIVER
La fête du Yule
Vers le 21 décembre

Cette fête marque la première journée de l'hiver, la nuit la plus longue de l'année et, par conséquent, la naissance du nouveau Soleil qui illuminera la Terre pour la prochaine année. Cette célébration souligne la naissance de plusieurs déités préchrétiennes, notamment Dyonisos, Attis et Woden. Sur le plan du christianisme, la naissance du Christ correspond à cette période.

Dans presque toutes les cultures et religions, le solstice d'hiver marque l'ouverture d'une période de festivités plus ou moins longue. C'est compréhensible lorsqu'on considère que nos ancêtres vivaient selon le rythme des saisons et la durée du cycle du jour. Pour eux, c'était là l'élément essentiel qui guidait leur vie. De prime abord, donc, l'arrivée du solstice indiquait la naissance d'un nouveau cycle solaire, des jours plus longs et l'arrivée des beaux jours. C'était là une occasion de réjouissances. Il faut aussi souligner que c'est une période de l'année où personne ne travaillait aux champs et où les travaux de la ferme étaient réduits à leur minimum.

Rituel

Dans les temps les plus reculés, les adorateurs du soleil allumaient de gigantesques brasiers pour aider et assurer la renaissance du soleil. Un monde d'obscurité où rien ne pousserait était leur plus grande peur. Plus tard, on a adjoint à cette tradition la naissance de différents dieux et, avec le temps, les brasiers extérieurs ont fait place à la coutume d'allumer une bûche de chêne dans l'âtre.

Une des plantes associées à Yule est le gui, plante sacrée des druides qui le coupaient à l'aide d'une serpe de cuivre au manche façonné en forme de corne de cerf. Il semble que cette tradition prit naissance en ancienne Grèce où le gui représentait les organes génitaux de Zeus, et ses fruits blancs, des gouttes de sperme. Le gui ne pousse que sur le chêne, arbre d'ailleurs dédié à Zeus. Quant à la tradition de décorer des conifères, elle date de l'époque matriarcale où les prêtresses suspendaient des offrandes aux dieux ainsi que des représentations de la Lune, du Soleil et des étoiles aux branches des pins de leurs sanctuaires.

Dans les temps anciens, la coutume voulait également que l'on échange des cadeaux au cours de cette période. Au Moyen Âge, les festivités duraient une douzaine de jours, alors que les saturnales romaines s'échelonnaient sur une période de sept jours.

Une des façons les plus intéressantes de célébrer Yule consiste à décorer un arbre. Tout est permis, quoiqu'il convienne de mettre l'accent sur des reproductions de lunes et d'étoiles. Vous pouvez inclure la décoration de votre arbre dans votre rituel et faire ainsi participer toute la maisonnée. Yule est une époque de réjouissances. *Paix sur la Terre aux hommes et aux femmes de bonne volonté* est un credo qui unifie toutes les religions et tous les peuples.

Les déités à célébrer ou à invoquer

Lucina:	déesse romaine des mystères de la Lune.
Attis:	dieu de la fertilité.
Dionysos:	dieu grec du vin et des libations.
Woden:	dieu germanique.

Comment décorer votre autel

Du gui et du houx, des branches de conifère (sapin, pin, épinette), des chandelles représentant le père Noël, des cadeaux joliment enrubannés décoreront votre autel. Les fleurs appropriées sont les poinsettias, les roses blanches ou rouges. En fait, vous pouvez utiliser vos décorations de Noël.

Symboles et correspondances

Encens:	cèdre, pin, sapin, romarin.
Arbres:	chêne (pour la bûche), conifères.
Fleurs:	poinsettias, cactus de Jérusalem, roses rouges.
Couleurs:	or, argent.
Chandelles:	vertes, rouges, blanches.

Pierres:	œil de tigre, rubis.
Planète:	Jupiter.
Carte du tarot:	Tempérance, arcane majeur 14.
Influence:	modération et tempérance, équilibre, harmonie, joie.

Aliments traditionnels

Comme c'est un festival qui dure plusieurs jours, les extravagances sont permises (et même encouragées!). À l'occasion de cette fête, les pommes sont considérées comme sacrées et tous les mets qui en contiennent sont à l'honneur. Le cidre était et reste une boisson de circonstance.

Le gingembre et les épices occupent la place d'honneur. Il ne faut pas oublier qu'au Moyen Âge, le gingembre, notamment, valait plus que les diamants. Une version moderne des gâteaux d'antan est la maison de pain d'épices, rappel des pièces montées qu'on présentait aux nobles rassemblés.

Les biscuits sont une partie intégrante des festivités car, à cette époque, le sucre était rare et le miel, difficile à ramasser. Donnez-leur la forme d'étoile, de lune, de soleil et d'animaux, vous continuerez ainsi une coutume qui date de la préhistoire. Les archéologues ont découvert des gâteaux pétrifiés en forme d'étoile et de lune ou portant l'effigie de déités dans des tombes datant de cette époque.

Les plats à servir

Poulets, chapon, oie, perdrix – tous rôtis; cochon de lait rôti; pâté en croûte (gibier et venaison); civet de lièvre ou de lapin; tourte de pigeon; gâteau aux fruits confits; pain d'épices; biscuits au sucre; *eggnog*, vin chaud épicé, cidre chaud épicé.

LA CHANDELEUR
La fête de la Candlemas, aussi appelée fête de l'Imbolc
Le 2 février

La Chandeleur est la fête du feu, une fête de la lumière, dédiée à la déesse celte Brigid, patronne du feu, de la sagesse et de la poésie.

Brigid est aussi associée à la guérison, à la divination et à la prophétie. Imbolc marque aussi la fin d'un rite féminin de purification qui avait lieu 40 jours après le solstice d'hiver.

En Europe, à la Chandeleur, les paysans marchaient en procession dans les champs, portant des flambeaux afin de purifier le sol avant les semailles. Ils voulaient de plus honorer et rendre grâce aux différentes déités présidant aux récoltes. On priait pour le retour de la grande déesse afin que son souffle réanime la terre et apporte le printemps.

Rituel

Cette fête célèbre la croissance spirituelle, la purification et les nouveaux départs. Elle est l'occasion par excellence pour se débarrasser des encombrements du passé, de ce qu'on veut chasser.

La célébrante, vêtue de blanc et portant une couronne garnie de 13 chandelles rouges – couronne de lumière symbolisant la sagesse et la connaissance – commence son rituel en balayant l'intérieur du cercle consacré afin de bannir les influences négatives.

Les célébrants invoquent les éléments naturels ainsi que ceux et celles qui règnent sur eux afin qu'ils reviennent aux côtés de la déesse pour joindre leurs énergies magiques aux efforts de tous. L'invocation est simple, mais, attention, elle doit être adressée aux monarques de chacun des groupes car, comme tous les monarques anciens, ils ont le contrôle total sur leurs sujets.

Une des façons les plus simples de les invoquer est de le faire au début du rituel, aux quatre points cardinaux: l'est correspond aux sylphides du royaume de l'air, dont le monarque est Paralda; le sud correspond aux salamandres du royaume du feu, dont le monarque est Djinn; l'ouest correspond aux ondines du royaume de l'eau, dont le monarque est Nixsa; enfin, le nord correspond aux gnomes du royaume de la terre, dont le monarque est Ghob.

Lors de l'appel des éléments et des quatre directions, demandez simplement l'aide du monarque du peuple des «élémentaux» appropriés.

Chaque petit village choisissait aussi, parfois, d'honorer une déesse ou un dieu particulier. Lors de l'avènement du christianisme, les gens ont inclus la Vierge Marie dans leurs invocations. D'ailleurs, de nos jours, en Espagne notamment, on organise une procession à la Vierge Marie à cette date.

Notez que la Chandeleur correspond au Nouvel An des Aztèques du Mexique.

Les déités à célébrer ou à invoquer

Brigid:	déesse celte du feu, de la sagesse et de la poésie.
Aradia:	fille de la déesse Diane et fondatrice de la *Vieille religion.*

Comment décorer votre autel

Une couronne garnie de 13 chandelles rouges, une branche de sapin, d'épinette ou de cèdre, un balai de sorcière (balai fait de branches) pour balayer symboliquement le passé, des chandelles blanches décoreront votre autel. Les fleurs appropriées sont toutes les fleurs blanches.

Symboles et correspondances

Encens:	basilic, myrrhe, gardénia.
Arbre:	bouleau.
Fleurs:	perce-neige, lys blanc (les fleurs blanches en général).
Couleur:	blanc.
Chandelles:	blanches, rouges, roses.
Pierres:	améthyste, grenat, onyx, turquoise.
Planètes:	Saturne et Uranus.
Carte du tarot:	Étoile, arcane majeur 17.
Influence:	renouveau spirituel, espoir, purification.

Aliments traditionnels

Comme c'est un festival du feu et de la lumière, les plats épicés sont à l'honneur; si vous n'aimez pas les épices fortes, faites preuve d'imagination et présentez un dessert ou un plat flambé qui symbolisera le feu.

Vous pouvez aussi vous tourner vers des cuisines plus exotiques, comme les cuisines széchouannaise, thaïlandaise ou mexicaine.

La couleur rouge – celle du feu – est aussi importante. En ce sens, le chou rouge est tout indiqué pour décorer une salade. N'oubliez pas la sauce tomate: un plat de pâtes à la sauce tomate rappellera les couleurs du festival, le rouge et le blanc.

Les graines, par exemple de pavot, de tournesol, de sésame, sont sacrées lors de ce festival, car elles portent, en elles, la croissance et l'espoir.

Les plats à servir

Tous les plats épicés; biscuits recouverts de graines de sésame; gâteau aux graines de pavot; saumon fumé; hareng saur; *chili con carne.*

L'ÉQUINOXE DU PRINTEMPS
La fête de l'Ostara
Vers le 21 mars

L'équinoxe du printemps est la fête de la fertilité qui célèbre l'arrivée du printemps, le retour de la déesse et le réveil de la nature. En Angleterre, les Saxons dédiaient ce sabbat à Éostre, déesse saxonne de la fertilité ou à Ostara, déesse germanique de la fertilité. D'autres traditions païennes honorent la déesse verte et le seigneur des bois.

Rituel

Il est intéressant de retrouver tous les accents païens dans les célébrations qui marquent la résurrection du Christ. Qu'on songe aux cloches qui «reviennent de Rome» et qu'on sonnait auparavant pour provoquer le réveil de la nature, ou encore à ces œufs décorés jetés au feu ou enfouis dans la terre en offrande à la déesse de la fertilité.

Toutes les festivités reliées à l'équinoxe du printemps tournaient autour des champs et des semailles; les invocations de ce jour demandaient des pluies modérées afin de hâter la germination et du soleil pour réchauffer le sol et permettre la croissance.

Une autre des particularités de ce sabbat est d'essence spirituelle: c'est une période pour bannir les mauvaises influences ou chasser les mauvaises habitudes. En ce jour, on prononce des incantations de bannissement, qu'il s'agisse de choses ou de personnes.

Les déités à célébrer ou à invoquer

Éostre:	déesse saxonne de la fertilité.
Ostara:	déesse germanique.

Comment décorer votre autel

Des œufs durs décorés ou peints de couleurs vives pour symboliser la fécondité, des porte-bonheur (une patte de lapin, un cent chanceux, etc.) décoreront votre autel. Si vous semez un jardin, placez vos paquets de graines ou vos nouvelles pousses sur l'autel. Les fleurs appropriées sont toutes les fleurs printanières comme les tulipes, les narcisses, les crocus, les jacinthes, etc.

Symboles et correspondances

Encens:	jasmin, sauge, fraise.
Arbre:	saule.
Fleurs:	violette, tulipe, jacinthe, fleurs printanières.
Couleurs:	vert, jaune, mauve, rose.
Chandelles:	vertes, jaunes.
Pierres:	aquamarine, jaspe rouge, héliotrope.
Planètes:	Jupiter et Neptune.
Carte du tarot:	Lune, arcane majeur 18.
Influence:	intuition, savoir ésotérique, lois du karma.

Aliments traditionnels

C'est le retour du printemps, le réveil de la nature. Toutes les pousses sont considérées comme sacrées; les premières feuilles de moutarde et de pissenlit étaient un cadeau magnifique si l'on pense que nos ancêtres ne consommaient presque pas d'aliments frais au cours de l'hiver.

Pour souligner le retour de Perséphone des enfers, on ajoutait, comme garniture, des fleurs aux salades.

Les œufs tiennent la place d'honneur lors de ce festival, car ils restent le symbole universel de la fécondité. Ils annoncent une période de fertilité et d'abondance.

Les plats à servir

Salades de jeunes pousses; garniture de luzerne et de persil pour les plats; garniture de fleurs (pétales de rose, capucine, violette, etc.) pour les salades; œufs durs décorés de motifs ou peints de couleurs vives; omelettes; quiches; tarte sucrée aux œufs; gâteau au miel; gâteau des anges; *baklavas*; brioches; gaufres; hydromel (alcool ou vin fait à base de miel), lait, punch au lait, tisanes.

BELTANE
La fête de la nuit de Walpurgis, fête du *May Day*
Le 1er mai

Le Beltane est une fête dont l'origine remonte aux druides qui célébraient, à cette date, un festival du feu, symbolique de l'union de la déesse et de son consort, Cernunnos. Elle marquait l'arrivée des premiers fruits de la saison et promettait des récoltes abondantes.

Rituel

La veille du 1er mai, nommée nuit de Walpurgis, est dédiée aux «élémentaux», les sylphides, les ondines, les gnomes, les salamandres. C'est aussi la fête des elfes et des fées.

C'est une nuit magique où le voile entre leur monde et le nôtre est ténu; cette nuit appartient à ces esprits et ceux-ci peuvent parfois être vus par les mortels. La journée même du 1er mai en est une de jeux et de réjouissances; après l'hiver, c'est l'occasion de célébrer, à l'extérieur, pour jouir pleinement du renouveau de la nature.

Beltane est aussi le temps pour lier sa destinée à une autre personne. C'est le temps du *Handfasting*. Au matin du 1er mai, le couple se promenait dans les bois et les partenaires échangaient leurs vœux d'amour et de fidélité pour une période d'un an et un jour. La tradition voulait aussi que l'homme cueille des fleurs sauvages pour sa belle et les tresse en couronne; la femme, quant à elle, cueillait des feuilles de chêne pour la couronne de son amoureux. Ils devenaient ainsi la représentation vivante de la déesse et de son consort. À la fin de la période, ils pouvaient décider de rompre ou de continuer.

Les déités à célébrer ou à invoquer

Flora:	déesse romaine des fleurs.
Diane:	déesse de la Lune.
Pan:	le dieu grec des bois et de la fertilité.

Comment décorer votre autel

Une très grosse chandelle décorée avec des rubans roses, verts, jaunes et mauves, une couronne de fleurs, comme des marguerites, décoreront votre autel. Les fleurs appropriées sont les fleurs sauvages du printemps, comme les violettes, les primeroses et les boutons d'or.

Symboles et correspondances

Encens:	lilas, muguet.
Arbres:	arbres fruitiers en fleurs, saule, aubépine.
Fleurs:	lilas, muguet, fleurs de mai.
Couleurs:	rose, vert tendre, mauve, jaune.
Chandelles:	vertes, roses, mauves.
Pierres:	émeraude, saphir, quartz rose.
Planètes:	Vénus, Lune.
Carte du tarot:	Grand prêtre, arcane majeur 5.
Influence:	intelligence, joie.

Aliments traditionnels

Ce festival de la fertilité souligne l'arrivée des premiers fruits de la saison. De l'Écosse nous vient la tradition de servir des biscuits à la farine d'avoine, ainsi que du pain et des gâteaux d'avoine nommés *bannocks*. Dans la tradition picte (les *hommes bleus* de l'Écosse), le *bannock* était considéré comme une nourriture sacrée.

Cependant, l'aliment sacré de cette fête est le lait et tous ses dérivés: fromages, yaourt, crème glacée et fouettée, costarde, quiche, etc. Il est aussi de rigueur de servir le Vin de Mai, un vin blanc sec dans lequel on fait macérer des feuilles de *woodruff* pendant quelques jours. Vous pouvez d'ailleurs le faire vous-même à partir de votre vin blanc préféré. Avant de le servir, on place une fraise dans le fond du verre.

Les plats à servir

Fromages; quiches au gruyère; pailles au fromage; crème glacée; crème fouettée et fraises; *shortcake* aux fraises; charlotte aux fraises; pain à l'avoine; biscuits à la farine d'avoine; *bannock*; fondue au fromage.

LE SOLSTICE D'ÉTÉ
La fête du *Mid-summer*
Vers le 21 juin

Le solstice d'été marque la journée la plus longue de l'année. Dès le lendemain, les jours commencent à raccourcir. C'est l'apothéose du cycle solaire, une fête de réjouissances; c'est le moment de placer une couronne de feuilles de chêne sur la tête du consort de la déesse, représenté lors du rituel par le grand prêtre.

C'est aussi l'occasion pour les druides modernes de célébrer des rites millénaires sur le site de Stonehenge, en Angleterre, puisque ce festival était traditionnellement le plus important des rites célébrés par les druides, descendants des adorateurs du Soleil.

Rituel

Cette date est aussi la journée traditionnelle pour la récolte des herbes magiques qui seront utilisées pour les potions, les philtres et les charmes. Il est d'ailleurs reconnu, depuis des temps immémoriaux, que les propriétés des plantes sont à leur zénith à ce moment de l'année.

Ainsi, les sorcières d'antan, les sages-femmes, les herboristes, les druides et les magiciens cueillaient leurs herbes en cette journée et même, très souvent, selon un horaire très précis. Certaines plantes devaient être cueillies au lever du soleil, d'autres plus tard dans la matinée, certaines lorsque le soleil atteignait son point le plus haut dans le ciel, puis d'autres encore plus tard dans l'après-midi. Toutes les personnes qui pratiquaient les arts magiques, ésotériques ou mystiques se servaient d'une petite serpe de cuivre pour couper les plantes. Il ne s'agissait pas d'une cueillette rapide, car elles devaient d'abord méditer et prier devant chaque bosquet, puis couper une certaine portion de la plante, tout en prenant bien garde d'en laisser suffisamment pour assurer la survie et la propagation de l'espèce et, enfin, remercier la plante et les «élémentaux» qui en prenaient soin.

Comme les propriétés magiques des plantes coupées à cette date sont vraiment prodigieuses, il suffisait d'en cueillir l'équivalent de quelques pincées; la culture à grande échelle n'existait pas à l'époque et ces herbes étaient réservées pour des charmes et des potions spéciales.

C'est aussi lors de ce festival qu'il est approprié de couper les branches d'arbres qui serviront à façonner les baguettes magiques et les baguettes de sourcier.

Tôt le matin, juste après le lever du soleil, les personnes intéressées se promenaient dans les bois afin de trouver la branche d'arbre qui correspondait à leurs besoins. Il était de très bon augure de découvrir une branche fraîchement tombée provenant d'un arbre approprié, car cela voulait dire que la déesse regardait d'un bon œil ce praticien de magie et, dans le cas d'un sourcier, cela laissait même présager des découvertes intéressantes à court terme.

C'était aussi une journée de travail intense, car il était reconnu que tous les charmes, toutes les potions, tous les sortilèges préparés au cours de ce festival possédaient une force et des pouvoirs accrus.

Par ailleurs, beaucoup de superstitions entourent cette journée. En voici quelques-unes.

- Ce dont on rêve en cette nuit se réalisera dans l'année en cours.
- Il est malchanceux d'entendre un coucou dès le réveil.
- Cueillir des fleurs au lever du soleil apporte l'amour dans l'année.
- Voir un papillon blanc butiner sur des fleurs, à son réveil, annonce la prospérité pour l'année.

Les déités à célébrer ou à invoquer

Aphrodite :	déesse de l'amour.
Astarté :	déesse de l'amour et du plaisir.
Freya :	déesse corse de l'amour et des batailles.
Vénus :	déesse de l'amour et de la beauté.

Toutes les déesses qui symbolisent l'amour et le plaisir.

Comment décorer votre autel

Tous les symboles d'amour, les potions et les philtres, les herbes et les huiles pour les fabriquer décoreront votre autel. Les fleurs appropriées sont toutes les fleurs de saison.

Symboles et correspondances

Encens :	rose, jasmin.
Arbre :	chêne.
Fleurs :	rose, digitale.
Couleur :	vert.
Chandelles :	vertes.
Pierres :	jade, aventurine, agate mousse.
Planète :	Mercure.
Carte du tarot :	Chariot, arcane majeur 7.
Influence :	communication, intuition.

Aliments traditionnels

C'est une fête joyeuse qui souligne l'abondance de la nature; c'est un festival du feu dédié au Soleil, qui est alors à son apogée.

Les fruits sont sacrés lors de ce festival, car on commence à récolter les premiers de la saison. Tous les produits de la terre sont accueillis avec joie et bonheur, car ils symbolisent la matérialisation des promesses du printemps.

Le vin et l'hydromel tiennent une place importante dans ce festival, puisqu'ils rendent hommage à Dionysos.

Les plats à servir

Barbecue et grillades; mets flambés; salade de légumes frais; salade de pommes de terre; salade de pâtes ou de riz; salade de fruits frais; tarte aux fraises ou aux framboises; pain aux raisins; gâteau à la crème et aux fruits; pain blanc.

LE LAMMAS
La fête du Lughnasadh ou fête des premières récoltes
Le 1er août

Le Lammas est le jour de la fête du pain: à cette date, on récolte les premiers grains servant à la production de la farine. On rend grâce à la déesse pour l'abondance des premières récoltes et on lui demande la poursuite de cette abondance.

Rituel

Au matin, les prêtresses et les prêtres se rendaient dans les champs cueillir une portion symbolique de plantes qu'ils battaient au fléau pour séparer le grain de la paille avant de se diriger vers le moulin (ou la meule) pour le transformer en farine. Les gestes étaient scrupuleusement examinés, car ceux-ci présageaient les conditions dans lesquelles s'accompliraient les récoltes. La qualité de la farine faisait également l'objet d'un examen minutieux. Ensuite seulement, on pouvait passer à la fête.

C'était aussi l'occasion, pour les druides, de rendre hommage à Lugh, le dieu celte du Soleil, et de célébrer des rituels de protection. D'ailleurs, tous les charmes, sortilèges et potions destinés à protéger et conçus en cette journée possédaient des propriétés accrues pour combattre les forces du mal ou les influences négatives. Cette journée est également placée sous l'égide de l'énergie cosmique.

Enfin, cette fête est aussi marquée par des symboles spécifiques, notamment le pouvoir sacré du serpent. C'est l'occasion de danses sacrées dédiées à cet animal dans certaines tribus des mésas américains.

Les déités à célébrer ou à invoquer

Lugh :	dieu des druides.
Déméter :	déesse des récoltes.
Cérès :	déesse des vendanges.

Toutes les déesses et tous les dieux qui président aux récoltes.

Comment décorer votre autel

Du maïs, des poupées confectionnées de feuilles de maïs, des légumes frais pour symboliser les premières récoltes, des noix, des feuilles de chêne décoreront votre autel. Les fleurs appropriées sont les œillets et toutes celles qui fleurissent à cette époque.

Symboles et correspondances

Encens :	sauge, cèdre.
Arbres :	noisetier, noyer.
Fleurs :	rose, belladone.
Couleurs :	jaune, orange, vert foncé.
Chandelles :	vertes, jaunes.
Pierres :	jaspe rouge, jade, malachite.
Planète :	Soleil.
Carte du tarot :	Force, arcane majeur 8.
Influence :	courage, succès.

Aliments traditionnels

C'est le festival des premières récoltes et, par conséquent, le festival du pain. On vient de transformer le grain en farine et c'est avec «révérence» que l'on en confectionne du pain.

En Italie, à partir du Moyen Âge, on préparait à cette occasion des tortellinis, qui symbolisent le nombril de Vénus, déesse de l'amour et de la fertilité. Pour marquer ce moment, les Amérindiens confectionnaient, eux, du pain de maïs. Au Mexique, ce sont des *tortillas* que l'on cuisinait.

Les plats à servir

Agneau à la broche (temps idéal pour un méchoui); riz aux légumes; pain de ménage; pain de maïs; *tortillas*; ratatouille (aubergine, zucchinis, poivrons, etc.); tortellinis; tarte aux petits fruits (fraises, framboises, bleuets, mûres); gâteau aux pêches; salade de fruits, de pêches, de poires et d'autres fruits de saison; hydromel, bière, vin.

L'ÉQUINOXE D'AUTOMNE
La fête du Mabon
Vers le 21 septembre

C'est la fin du cycle productif de la nature pour l'année; c'est le temps de finir les actions commencées.

La légende raconte que c'est en ce jour de la fin de l'été que le dieu du royaume des morts, Hadès, aperçut Perséphone cueillant des fleurs dans les champs. Il en tomba immédiatement amoureux et l'enleva pour l'amener avec lui afin qu'elle règne éternellement à ses côtés dans son royaume.

Apprenant la disparition de sa fille, la déesse des récoltes, Déméter, partit alors à sa recherche. Ne la trouvant point, son chagrin et son désespoir furent tellement grands que les fleurs, les arbres et toutes les plantes en flétrirent, empêchant toute croissance végétale sur la terre. Les dieux de l'Olympe, qui répondaient au secours des humains, impuissants devant ce drame, parvinrent à un compromis avec Hadès pour le retour de Perséphone: elle passerait six mois de l'année avec Hadès dans le royaume des ténèbres. Déméter, en guise de représailles, proclama que, pendant ces six mois, la nature porterait son deuil et que rien ne pousserait sur la terre... jusqu'à ce qu'elle remonte des enfers.

Rituel

C'est une fête axée sur la méditation et l'introspection. Tous les rites de consécration et de «dédication» sont de rigueur en cette journée. C'est un festival sobre où l'on accompagne la déesse à son lieu de repos.

Les déités à célébrer ou à invoquer

Perséphone:	déesse du printemps qui descend aux enfers chaque automne.
Thor:	dieu du tonnerre.

Comment décorer votre autel

Des cônes de sapin et de pin, des feuillages d'automne, des légumes d'automne – comme les betteraves et les carottes –, une tresse d'ail ou d'oignons, une grosse chandelle brune ou vert foncé, des noix, des grappes de raisins et des grenades décoreront votre autel.

Symboles et correspondances

Encens:	lotus, cyprès, œillet, santal.
Arbre:	pommier.
Fleurs:	chrysanthème, œillet.
Couleurs:	brun, jaune, orange.
Chandelles:	jaunes, orange.
Pierres:	agate, cornaline, citrine.
Planète:	Mercure.
Carte du tarot:	Ermite, arcane majeur 9.
Influence:	intelligence, savoir caché, introspection.

Aliments traditionnels

C'est le temps des récoltes, des vendanges. Tous les produits de la terre sont consommés en abondance; on en fait aussi des réserves avant l'arrivée de l'hiver.

C'est aussi le temps de la chasse; la venaison est d'ailleurs de rigueur en cette fête.

La pomme s'avère l'aliment sacré de cette célébration; en Amérique, on y ajoute aussi le maïs.

Les plats à servir

Gibier; venaison; viandes grillées; côtelettes de porc et compote de pommes; maïs (en épi, en crème); pommes (sous toutes les formes); confitures de pêches et d'abricots; tartes aux fruits; charlotte aux pommes.

ANNEXES

Annexe 1

LES 72 ANGES PLANÉTAIRES

La magie angélique peut être étroitement reliée à plusieurs principes magiques développés au fil des pages de cet ouvrage. À tous les endroits où, dans les différents rituels ou les différentes incantations, nous vous avons suggéré l'évocation de déesses et de dieux anciens, il est possible (et tout aussi efficace) de remplacer ce nom par celui de l'un des 72 anges planétaires dont l'influence peut s'apparenter au but visé.

Ces anges, que l'on nomme communément «anges gardiens», sont animés par des forces divines et peuvent nous faire profiter de leur influence si nous en faisons la demande.

Voici donc les noms de ces 72 anges, ce qu'ils symbolisent et, surtout, les domaines dans lesquels ils peuvent intervenir pour vous.

- **ACHAIAH**

Symbolise **la compréhension** et **la foi**. Il procure la redécouverte de la foi.

- **ALADIAH**

Symbolise **la tolérance** et **la clarté d'esprit**. Il procure l'inspiration dont nous avons besoin.

- **ANAUËL**

Symbolise **le courage et la santé.** Il procure une bonne santé et un grand courage.

- **ANIEL**

Symbolise **le courage.** Il procure la possibilité de surmonter toute difficulté.

- **ARIEL**

Symbolise **l'atteinte des idéaux.** Il procure des rêves qui conduisent à des réalisations.

- **ASALIAH**

Symbolise **la vérité.** Il procure la connaissance de la vérité.

- **CAHETEL**

Symbolise **la récolte et la bénédiction.** Il procure l'élévation pour comprendre l'œuvre divine.

- **CALIEL**

Symbolise **la vérité et la justice.** Il procure la victoire de la vérité.

- **CHAVAKHIAH**

Symbolise **le pardon et l'harmonie.** Il procure la paix et l'harmonie dans les familles.

- **DAMABIAH**

Symbolise **la protection.** Il procure le succès dans des entreprises utiles.

- **DANIEL**

Symbolise **la grâce.** Il procure la faculté de récupérer grâce et beauté.

- **ELÉMIAH**

Symbolise **le succès** et **la protection.** Il procure le succès professionnel.

- **EYAËL**

Symbolise **la compréhension** et **le réconfort.** Il accorde la sagesse et l'illumination.

- **HAAIAH**

Symbolise **la vérité.** Il procure l'aide dans la recherche de la vérité.

- **HAAMIAH**

Symbolise **la vérité.** Il procure la protection pour la recherche et la diffusion de la vérité.

- **HABUHIAH**

Symbolise **la guérison** et **la fécondité.** Il procure la guérison de toutes les maladies.

- **HAHAHEL**

Symbolise **la foi.** Il procure la vocation pour les missions religieuses.

- **HAHAIAH**

Symbolise **la protection.** Il procure la protection contre l'adversité.

- **HAHASIAH**

Symbolise la **sagesse.** Il procure l'élévation de l'âme aux choses de l'esprit.

- **HAHEUIAH**

Symbolise **la protection.** Il procure la protection providentielle.

- **HAIAIËL**

Symbolise **le courage** et **la paix.** Il procure le courage pour atteindre des buts nobles.

- **HARAHEL**

Symbolise **la sagesse.** Il procure des talents de bon gestionnaire.

- **HARIEL**

Symbolise **la libération.** Il procure l'inspiration dans le travail.

- **HAZIEL**

Symbolise **le pardon** et **l'amour inconditionnel.** Il procure l'amitié et l'affection de gens importants.

- **HEKAMIAH**

Symbolise **l'amitié.** Il procure la loyauté de son entourage.

- **IAH-HEL**

Symbolise **le bonheur.** Il procure la bonne entente dans le couple.

- **IMAMIAH**

Symbolise **la protection** et **le respect.** Il procure la possibilité de reconnaître ses adversaires.

- **JABABIAH**

Symbolise **la régénérescence.** Il procure la réussite dans tout ce que nous entreprenons.

- **JELIEL**

Symbolise **la fécondité** et **la fidélité.** Il procure la fécondité.

- **LAUVIAH**

Symbolise la **prémonition**. Il procure des révélations pendant les rêves.

- **LAUVIAH**

Symbolise la **sagesse**. Il procure une grande sagesse.

- **LECABEL**

Symbolise la **gloire**. Il procure la gloire et la fortune.

- **LEHAHIAH**

Symbolise le **calme**. Il procure la compréhension de l'œuvre divine.

- **LELAHEL**

Symbolise **la santé** et **la guérison**. Il procure la guérison.

- **LEUVIAH**

Symbolise le **lâcher prise**. Il procure la grâce et la bénédiction de la Providence.

- **MAHASIAH**

Symbolise la **paix** et **l'harmonie**. Il procure la possibilité de vivre sereinement.

- **MANAKEL**

Symbolise la **libération**. Il procure la libération de nos sentiments de culpabilité.

- **MEBAHEL**

Symbolise la **droiture**. Il procure la compréhension.

- **MEBAHIAH**

Symbolise l'**inspiration.** Il procure la possibilité de mener une vie spirituelle.

- **MEHIEL**

Symbolise l'**inspiration.** Il procure l'inspiration pour écrire et diffuser ses écrits.

- **MELAHEL**

Symbolise la **guérison.** Il procure la guérison.

- **MENADEL**

Symbolise la **libération.** Il procure la force pour se débarrasser de nos mauvaises habitudes.

- **MIHAËL**

Symbolise l'**amour.** Il procure la paix, l'amour, l'amitié et la fidélité dans les couples.

- **MIKHAËL**

Symbolise le **discernement.** Il procure beaucoup de flair pour réussir.

- **MITZRAËL**

Symbolise la **libération.** Il procure le désir de servir.

- **MUMIAH**

Symbolise la **révélation.** Il procure la révélation des secrets qui rendent heureux.

- **NANAËL**

Symbolise la **connaissance** et l'**inspiration.** Il procure l'inspiration pour les études.

- **NELCHAEL**

Symbolise **la victoire**. Il procure la victoire sur les forces du mal.

- **NEMAMIAH**

Symbolise **la prospérité**. Il procure des chances de promotions rapides dans sa carrière.

- **NITH-HAIAH**

Symbolise **la sagesse** et **la compréhension**. Il procure la faculté de comprendre les choses occultes.

- **NITHAËL**

Symbolise **l'écoute** et **l'équilibre**. Il procure un bon accueil aux demandes adressées aux puissants.

- **OMAËL**

Symbolise **la patience**. Il procure la patience.

- **PAHALIAH**

Symbolise **la vocation**. Il procure la compréhension de notre grand dessein.

- **POYEL**

Symbolise **le savoir** et **le pouvoir**. Il procure la renommée, la richesse et le pouvoir.

- **RAHAËL**

Symbolise **la droiture**. Il procure la renommée et la fortune.

- **REHAËL**

Symbolise **le discernement**. Il procure l'amour, le respect et la bonne entente entre tous.

- **REIYEL**

Symbolise **l'inspiration** et **la libération.** Il procure l'inspiration céleste pour les allocutions.

- **SEHALIAH**

Symbolise **le succès.** Il procure le succès des humbles.

- **SEHEIAH**

Symbolise **la longévité.** Il procure une vie longue et heureuse.

- **SITAËL**

Symbolise **la responsabilité.** Il procure à la personne qui l'invoque le courage devant l'adversité.

- **UMABEL**

Symbolise **le détachement.** Il procure le réconfort lors des peines ou de chagrins d'amour.

- **VASARIAH**

Symbolise **l'appui.** Il procure l'aide du pouvoir divin.

- **VEHUËL**

Symbolise **la renommée.** Il procure une grande bonté qu'on remarque.

- **VEHUIAH**

Symbolise **la transformation.** Il procure une volonté puissante pour créer et transformer.

- **VEULIAH**

Symbolise **la prospérité.** Il procure la prospérité des entreprises.

- **YEHUIAH**

Symbolise **la protection supérieure.** Il procure la protection contre tout plan hostile.

- **YEIALEL**

Symbolise **la guérison** et **le combat.** Il procure le réconfort et le soutien.

- **YEIAYEL**

Symbolise **le respect** et **la renommée.** Il procure la renommée et la bonne fortune.

- **YEIAZEL**

Symbolise **l'aide.** Il procure la consolation dans la peine.

- **YELAHIAH**

Symbolise **la tolérance** et **la patience.** Il procure le courage dans les moments difficiles.

- **YERATHEL**

Symbolise **la mission.** Il procure la mission de propager la lumière.

- **YEZALEL**

Symbolise **la réconciliation.** Il procure de l'aide dans la réalisation de son dessein.

Annexe 2

L'INFLUENCE DES MÉTAUX DANS LA MAGIE

Les métaux ont une importance qui n'est pas à dédaigner en magie. Voici donc la liste des principaux métaux et la façon dont ils interviennent dans la pratique.

- **Antimoine**

Ce métal blanc, porté en amulette, est renommé pour protéger contre les mauvais sorts et les démons.

- **Cuivre**

Pour éloigner les mauvais esprits et vous protéger contre les maléfices, portez-le en amulette. Dans la maison, des objets de cuivre empêchent les visites d'esprits malins.

- **Or**

Comme ce métal est régi par le Soleil, on l'utilise dans la fabrication des amulettes pour procurer la gloire, la fortune et la prospérité. De plus, il assure une longue vie aux personnes qui le portent.

- **Fer**

Porté en amulette, le fer éloigne les démons. Il détruit aussi les elfes et les fées: le simple contact de ce métal peut les tuer.

- **Plomb**

Placé à l'entrée d'une maison, le plomb empêche les esprits malins d'y pénétrer. On peut aussi l'utiliser pour isoler les objets magiques afin de ne pas disperser leur énergie.

- **Aimants**

Dans l'Antiquité, on se servait de fer aimanté pour discerner le vrai du faux. Un aimant était reconnu pour aider à voir le futur et à découvrir des secrets cachés.

- **Mercure**

Un des ingrédients préférés des alchimistes. Il était très utilisé dans des recettes magiques pour vaincre des maladies et combattre le mauvais œil.

- **Météorites**

Portées en amulettes, elles protègent contre la foudre et les orages; elles servaient également à prévoir les éclipses et les autres événements célestes.

- **Argent**

Porté en amulette, ce métal protège contre le mauvais œil. Dédié à la Lune, ce métal était le préféré des elfes, des fées et de tous les praticiens de la magie.

Annexe 3

L'INFLUENCE DES PIERRES DANS LA MAGIE

Les pierres précieuses et semi-précieuses ont toujours été associées à la magie. Pour vous donner un aperçu de leur influence, voici les propriétés de certaines pierres reliées directement aux anciennes traditions de magie européenne.

Agate

- Porter une agate sur laquelle est gravé l'illustration d'un serpent (ou d'un homme chevauchant un serpent) permet de prévenir les morsures d'insectes ou de serpents.
- Une amulette d'agate confère à celui qui la possède des dons d'éloquence, de calme et renforce la vitalité de son cœur.
- L'agate est aussi un talisman de vérité: placez l'amulette sur le sein gauche d'une personne endormie et celle-ci répondra à vos questions.

Ambre

- Un collier ou une amulette d'ambre peut vous prévenir contre différentes maladies, dont la fièvre, le rhumatisme et les maladies des yeux.

- Regarder à travers une pièce d'ambre renforce vos yeux.
- Une pièce d'ambre rouge est excellente pour vous protéger du poison, de la peste et du mauvais œil.

Améthyste

- Prise en potion, l'améthyste est un remède contre l'empoisonnement et l'infertilité.
- Portée en amulette, elle protège de l'ébriété.
- Portée en collier, en bracelet, en bague, etc., elle améliore la mémoire et rend l'esprit vif.
- Placée sous l'oreiller, elle aide à s'endormir facilement et apporte de bons rêves.

Béryl

- Une amulette portée par les deux partenaires d'un couple garantit l'harmonie et l'amour dans le mariage.
- L'amulette de béryl favorise la communication et éloigne les ennemis.
- Pierre prophétique, on peut y voir le futur proche dans son eau.

Chrysolithe

- En amulette, elle prévient les crises d'asthme.
- Réduite en poudre, elle est recommandée pour soigner certaines maladies du poumon.

Chrysoprase

- Portée en amulette, elle renforce les yeux et apporte du bonheur.

Cornaline

- La porter en amulette garantit un teint clair.

Diamant

- Porté en amulette, il protège contre la magie noire et les mauvais sorts.
- Un guerrier qui porte une amulette de diamant à son bras gauche est réputé invincible.

Émeraude

- Une amulette d'émeraude apporte une grande richesse et une chance incroyable à la personne qui la porte.
- C'est aussi une pierre de divination et de prophétie.
- Elle éloigne également le mauvais sort et les esprits malins.

Grenat

- Porté en amulette, le grenat protège des empoisonnements.
- Cette pierre éloigne aussi les cauchemars et la tristesse.
- Si son propriétaire contracte une maladie grave, il est dit que le grenat se mettra à pâlir.

Héliotrope (*Bloodstone*)

- Portée en amulette, cette pierre garantit la longévité et le succès.
- Portée en bracelet, elle assure une grossesse facile et un accouchement sans difficulté.
- Placée sous votre oreiller, elle vous donnera des rêves prophétiques.

Jade

- Une amulette de jade vert garantit santé et longue vie.
- Elle prévient les désastres.
- Pour s'assurer une longévité exceptionnelle, il est recommandé de manger dans un bol de jade.

Jais

En Irlande, on accorde huit vertus au jais:

- Une personne qui porte du jais ne sera jamais frappée par la foudre.
- Du jais dans une maison empêche les esprits malins d'y résider.
- Il immunise la personne qui le porte contre les empoisonnements.
- Pour connaître ses ennemis secrets, il suffit de prendre en potion une infime quantité de jais pulvérisé en poudre.
- Pris en potion, le jais guérit de nombreuses maladies.
- La sorcellerie ne peut atteindre celui qui porte du jais.
- Il est recommandé de boire une potion de jais pour obtenir une peau plus lisse.
- Boire une potion de jais vous protège aussi des morsures de serpents.

Lapis-lazuli

- Portée en amulette, cette pierre guérit de la mélancolie et procure des rêves prophétiques.

Perle

- Portée en amulette, elle assure la longévité et apporte la chance.

Rubis

- Porté en amulette, il protège de l'empoisonnement.
- Il peut aussi avertir son propriétaire lors de l'approche du mal, car le rubis devient alors opaque.

Saphir

- Portée en amulette, cette pierre prévient la fièvre, les maladies aux yeux, les poisons.
- Un saphir apporte à son propriétaire une bonne santé, du courage et la sérénité.
- C'est aussi une pierre qui protège de l'envie et de la trahison.

Topaze

- Cette pierre procure la sagesse et la beauté à la personne qui la porte.
- Le topaze est reconnu pour accroître la sagesse.
- Portée en amulette, le topaze protège de la folie.

Turquoise

- Une amulette de turquoise est universellement reconnue pour protéger du mauvais sort et porter chance.
- Une des propriétés de la turquoise est de changer de couleur au gré de la santé de son propriétaire.
- C'est aussi un talisman pour assurer la paix et l'harmonie dans le couple.

Annexe 4

L'INFLUENCE DES COULEURS DANS VOTRE MAISON

Votre maison – que ce soit un petit appartement ou un manoir de trois étages – est votre sanctuaire personnel. En ce sens, les couleurs dont vous vous servez pour la décoration peuvent aider à harmoniser les aspects physique, mental et spirituel de votre être, et cela, sans effort conscient.

Voici donc l'influence des principales couleurs.

- **Blanc**

Le blanc est universellement reconnu comme le symbole de la pureté. Parmi ses influences, on retrouve la protection et le raffinement. La couleur blanche symbolise aussi le commencement ou le renouveau. Lorsque vous entreprenez un nouveau projet, entourez-vous d'objets blancs afin que votre but soit clair et votre route libre d'embûches. Avoir des accessoires ou des touches de blanc partout dans votre maison est le meilleur moyen d'augmenter vos protections métaphysiques. À la suite d'une discussion violente ou de visites de personnes négatives, faites brûler une chandelle blanche ou encore déposez un vase de lys ou de toute autre fleur blanche dans la pièce, ce qui annulera immédiatement toute influence non bénéfique dans votre environnement.

- **Bleu**

Le bleu préside à la paix, à la joie, à la sagesse, à la tranquillité et aux rêves. C'est une couleur tout indiquée pour le plafond de votre chambre à coucher. Plusieurs civilisations anciennes considéraient le bleu saphir comme une protection contre les énergies négatives. Votre coin sanctuaire – là où vous méditez – bénéficierait largement d'accents de couleur bleue et vous accorderait plus facilement la paix et l'harmonie intérieures. Si vous êtes une personne ambitieuse, ajoutez abondamment du bleu dans votre environnement; cette couleur stimulera votre sens de l'équité et du discernement.

- **Brun**

C'est la couleur de la terre – celle de l'énergie fondamentale de toute vie sur Terre. Dans certaines civilisations, c'est aussi une couleur reliée à la prospérité et à l'abondance. Elle s'avère idéale pour une cuisine où vous transformez les produits de la terre en nourriture. Des accents de brun dans votre environnement vous permettront de sentir ce contact avec la terre et tout ce qui est vivant; elle renforce le lien avec la planète.

- **Jaune**

Les attributs de cette couleur sont la créativité, la loyauté et une certaine légèreté d'esprit. Elle revitalise votre énergie et vous baigne d'une douce chaleur. Le jaune augmente aussi la fertilité; il est très approprié pour une chambre si vous avez envie de concevoir un enfant. Par ailleurs, lorsque vous vous attaquez à un projet artistique, faites brûler une chandelle jaune ou placez un bouquet de fleurs jaunes auprès de vous. Cet accent de couleur augmentera vos dons de créativité. Lors d'un rituel, vous pouvez revêtir des vêtements jaunes, ce qui stabilisera votre foi et vos croyances.

- **Orangé**

L'orangé est la couleur du soleil levant, des feuilles d'automne, et ses attributs sont aussi abondants et généreux que les récoltes. L'orangé fortifie la volonté, augmente la concentration et procure une plus grande vivacité d'esprit. C'est une couleur très appropriée pour une pièce d'étude ou tout autre endroit où vous travaillez intellectuellement. Dans une cuisine, l'orangé peut être utilisé sur une surface de travail pour améliorer votre degré d'attention ou près du réfrigérateur lorsque vous êtes à la diète. Cette couleur augmentera votre volonté à l'endroit où vous en avez le plus besoin.

- **Rose**

Dérivé du rouge, le rose est reconnu comme un symbole d'amour et d'amitié. Vous n'aurez aucune difficulté à savoir où placer cette couleur. Les tons de rouge pâle sont plutôt associés aux jeux et à l'amusement, car ce sont des tons ludiques. Ils sont parfaits pour une salle familiale, car ils créent une ambiance chaude et vivante.

- **Rouge**

C'est la couleur préférée des elfes et des fées. Elle accroît l'énergie et la vitalité. Elle s'avère idéale pour une pièce où vous travaillez, car elle augmente votre intensité et votre concentration. Faites-en l'expérience en offrant des fleurs rouges à une personne en convalescence: vous verrez immédiatement un regain d'énergie chez elle. Comme le rouge est une couleur très puissante, vous devrez la doser avec soin, particulièrement dans une chambre d'enfant ou dans une pièce où vous souhaitez vous détendre.

- **Vert**

Cette couleur est vraiment essentielle dans toute maison, car ses influences s'inscrivent sous le signe de la prospérité, de la croissance, de la capacité de transformation et de la guérison. Des plantes, des tentures ou des rideaux de cette couleur peuvent être bénéfiques en toute saison, que ce soit pour accentuer l'été ou rompre la monotonie de l'hiver. Dans une chambre de bébé, une légère teinte de vert menthe encouragera une saine croissance de l'enfant, en plus de promouvoir une ambiance de calme et de sérénité. Si vous êtes en pleine crise existentielle ou à un stade d'évolution spirituelle critique, entourez-vous de vert: du papier peint, des tapis, des vêtements, etc. Cet environnement vous permettra de passer plus facilement à travers ce temps de crise et vous vivrez moins de confusion et d'anxiété. Le vert est aussi bénéfique lorsque vous planifiez votre budget et pour tout ce qui a rapport à l'argent et à la prospérité: faites donc vos prévisions budgétaires à côté d'une chandelle verte. Enfin, lorsque vous méditez, le vert dégage une énergie sereine qui vous permet de mieux faire le vide dans vos pensées.

- **Violet**

Le violet combine les attributs de la couleur bleue avec l'énergie vitale de la couleur rouge. C'est un «deux pour un» assez fantastique! Le mélange de la teinte, la proportion du rouge et du bleu vous permettront de puiser dans les influences de l'une ou de l'autre de ces couleurs et vous révéler ainsi des propriétés du violet. Depuis l'Antiquité, le violet a toujours été associé aux mystères, à la magie et aux rituels religieux. Par conséquent, c'est une couleur hautement appropriée pour des vêtements de rituel, une nappe d'autel ou tout autre objet relié à vos pratiques de magie. De plus, cette couleur vous sensibilise aux énergies psychiques qui nous entourent. Elle peut vous aider lors de pratiques divinatoires ou tout simplement pour faire la lecture psychique d'une personne ou d'une pièce.

MON LIVRE DES OMBRES

Mes incantations, mes recettes ainsi que mes rituels secrets et personnels

Mes incantations, mes recettes ainsi que mes rituels secrets et personnels

Mes incantations, mes recettes ainsi que mes rituels secrets et personnels

Mes incantations, mes recettes ainsi que mes rituels secrets et personnels

Mes incantations, mes recettes ainsi que mes rituels secrets et personnels

Mes incantations, mes recettes ainsi que mes rituels secrets et personnels

Mes incantations, mes recettes ainsi que mes rituels secrets et personnels

Mes incantations, mes recettes ainsi que mes rituels secrets et personnels

BIBLIOGRAPHIE

How Dit It Begin? Customs & Superstitions & Their Romantic Origins, Simon & Schuster, 1969.

BÉLANGER, R.L., *Manuel de magie pratique*, DeVecchi Poche, 1989.

BRENTON-PERERA, Sylvia, *Descent to the Goddess: A Way of Initiation for Woman*, Inner City Books, 1981.

BUCKLAND, Raymond, *Buckland's Book of Witchcraft*, Llewellyn Publications, 1986.

CALLEBAUT, J.Q.N., *Rites et mystères au Proche-Orient*, Hayez, 1979.

CROWTHER, Arnold et Patricia, *The Secret of Ancient Witchcraft*, Citadel Press, 1974.

DE FÉLICE, P., *Poisons sacrés, Ivresses divines*, Albin Michel, 1936.

ÉLIADE, M., *Traité d'histoire des religions*, Payot.

GRAVES, R., *Les mythes celtes et la Déesse blanche*, Du Rocher.

MARQUÈS-RIVIÈRE, J., *Amulettes, talismans et pentacles*, Payot, 1950.

MORWYN, *Secrets of a Witch's Coven*, Whitford Press, 1988.

PENNICK, Nigel, *Practical Magic in the Northern Tradition*, Aquarian Press, 1989.

SLATER, Herman, *The Magickal Formulary*, Magickal Childe Inc., 1981.

VALIENTE, Doreen, *The Rebirth of Witchcraft*, Robert Hale limited, 1989.

VAN XUYET, Ngo, *Divination, magie et politique*, P.U.F.

VERNEUIL, M., *Dictionnaire pratique des sciences occultes*, Les Documents d'Art Monaco, 1950.

RÉFÉRENCES

- La plupart des éléments suggérés dans ce livre pour la pratique des rituels peuvent être acquis soit dans les boutiques et les magasins d'aliments naturels (pour les herbes et les plantes), soit dans les boutiques ésotériques (pour les mélanges magiques, les pierres et les autres accessoires).
- À titre informatif – et sous toute réserve – voici également l'adresse d'une boutique américaine qui vous fera parvenir un catalogue de tout ce dont vous pouvez avoir besoin et que vous n'arrivez pas à vous procurer : Wiccan / Santeria, Box 667, Jamestown, NY, 14702 U.S.A.
- Voici aussi une association – toujours sous toute réserve – qui n'a rien d'officiel, mais à propos de laquelle nous avons reçu des commentaires éloquents. Peut-être y trouverez-vous des informations qui vous serviront. Vous devez toutefois inclure cinq dollars avec votre demande, que vous adressez à : The Golden Wheel, Liverpool, L15 3HT (England).
- Au Québec, le magazine *Astrologie et destin* consacre trois ou quatre pages par numéro à la pratique de la magie blanche ; la collection « Esprits et médiums » publie également le magazine intitulé *Le guide pratique de la magie blanche*.

TABLE DES MATIÈRES

Première partie

INITIATION À LA MAGIE BLANCHE

Chapitre 1 COMPRENDRE LA MAGIE 7
Croire ou ne pas croire, faire ou ne pas faire.... . 8
La magie: science, religion 10
Un peu d'histoire, pour mieux comprendre ... 11
Inimitié et... compétition! 12
Comprendre les principes................ 14
Qui sont les mages et les sorcières d'aujourd'hui 15
La joie d'être, la joie de vivre............... 16

Chapitre 2 COMMENT SE PRÉPARER 19
Se «nettoyer» 19
Les recettes de bains magiques 20
Comment se vêtir lors des célébrations et des rituels 21
Pratique 22

Chapitre 3 VOTRE AUTEL, VOS OUTILS........... 25
Comment créer votre autel............... 25
Les outils à prévoir 26
Comment consacrer vos outils, vos instruments et vos vêtements 29

Le cercle magique........................ 31
Fermer le cercle 32
Chapitre 4 LES ENCENS ET LES CHANDELLES..... 33
Les encens et leurs effets................. 33
Les chandelles: leurs couleurs et leurs effets ... 37
Correspondances et influences selon les jours de la semaine........................... 38
Les couleurs et leurs influences............. 39

Deuxième partie
RECETTES ET RITUELS

Chapitre 5 PRATIQUER LES RITUELS À LA LUNE... 45
L'importance de la Lune................... 45
Correspondances des phases de la Lune et de vos rituels........................ 46
Quelques rituels particuliers à des périodes lunaires 49
Chapitre 6 RECETTES ET RITUELS D'AMOUR 51
Pour susciter la passion.................. 51
Pour séduire un partenaire 52
Pour être aimé d'une personne indifférente.... 52
Pour attirer l'amour 53
Pour qu'il ne pense plus qu'à vous 56
Pour vous «attacher» votre partenaire pour la vie 57
Pour vous assurer la fidélité de votre partenaire. 57
Pour recevoir de ses nouvelles.............. 58
Pour rêver d'un être cher 58
Pour que votre partenaire vous revienne 59
Pour obtenir des faveurs convoitées.......... 59
Pour connaître celui qui deviendra votre amoureux.............................. 60
Pour attirer quelqu'un du sexe opposé 60
Pour séduire quelqu'un................... 60
Pour trouver le partenaire idéal............. 61

Chapitre 7 D'AUTRES RECETTES ET RITUELS 63
Pour vous attirer la sympathie de votre entourage 63
Pour attirer la prospérité 63
Pour trouver la protection et chasser les ondes négatives 64
Pour voir les choses que nul ne peut voir 64
Pour savoir où un trésor est enfoui 65
Pour envahir les pensées de quelqu'un 65
Pour attirer les amitiés 66
Pour nouer une amitié à vie 66
Pour mettre fin aux disputes 67
Pour en finir avec les choses du passé 67
Pour apprendre ce qu'on ne vous a pas dit 68
Pour vous débarrasser d'une personne négative . 69
Pour accroître votre concentration 70
Pour attirer la chance 70
Pour améliorer vos finances 71
Pour recevoir des cadeaux! 72
Pour vous protéger contre les esprits moqueurs . 72
Pour savoir si vous êtes victime d'un envoûtement 73
Chapitre 8 OREILLERS DE RÊVE, BOÎTES À SOUHAITS ET BOUTEILLES MAGIQUES. 75
Pratique 76
Le secret des boîtes à souhaits 77
Rituel de consécration 78
Pour que les souhaits se réalisent 79
Les enchantements des bouteilles magiques ... 80
Pour vous assurer la prospérité et l'argent 83
Chapitre 9 LE RITUEL DES INVOCATIONS ET DES INCANTATIONS 87
Quelques conseils 87
Formation du cercle magique et invocations aux points cardinaux 88

Fermer le cercle magique
et terminer les incantations 91
Incantations et invocations 91
Créez vos propres incantations 94

Troisième partie

LES GRANDES FÊTES DE LA MAGIE

Chapitre 10 CÉLÉBRER LES JOURS MAGIQUES **97**
L'Halloween 98
Le solstice d'hiver 101
La Chandeleur 103
L'équinoxe du printemps 106
Beltane 108
Le solstice d'été 110
Le Lammas 113
L'équinoxe d'automne 115

ANNEXES

Annexe 1 LES 72 ANGES PLANÉTAIRES **121**
Annexe 2 L'INFLUENCE DES MÉTAUX
DANS LA MAGIE **131**
Annexe 3 L'INFLUENCE DES PIERRES
DANS LA MAGIE **133**
Annexe 4 L'INFLUENCE DES COULEURS
DANS VOTRE MAISON **139**

MON LIVRE DES OMBRES **143**

BIBLIOGRAPHIE **151**

RÉFÉRENCES **153**

7377

Achevé d'imprimer en France (Manchecourt)
par Maury-Eurolivres
le 30 octobre 2005.
Dépôt légal octobre 2005. ISBN 2-290-33675-0
1er dépôt légal dans la collection : mai 2004

Editions J'ai lu
87, quai Panhard-et-Levassor, 75013 Paris
Diffusion France et étranger : Flammarion